大活字本シリーズ

冬の標《しるべ》

乙川優三郎

《上》

埼玉福祉会

冬の標《しるべ》

上

装幀　巖谷純介

冬の標

働く母親であり
画家であり
人生を豊かにする名人であり
私の生涯の友である
エミー　セツコ　ハナシロさんに捧ぐ

人影のない川縁《かわべり》の道を歩くのは十八年振りのことであった。

美しく晴れて、陽は柔らかく、風も暖かい。春も半ばを過ぎると、あたりは鮮やかな緑の草原《くさはら》となり、やがて汀《みぎわ》から菖蒲《しょうぶ》が現われ、秋にはすすきの群れが城下を巻くようにして川下へと伸びてゆく。仲春のころから低い土手を被う茅花《つばな》のようすも変わらなければ、川沿いの土地はいまも湿地か荒地であった。

寺続きの小さな町屋を抜けて、堤《つつみ》通りから思ひ川の土手を上ると、川向こうには広大な田地が見渡せて清々とする。そこから道は細い野路となり、物音は絶えて、風も聞こえてこない。明世《あきよ》は佇んで、懐かしい水辺の匂いを吸った。

　春から夏にかけて花の群れる堤を歩くのは、若いころの彼女の楽しみであった。三方を三つの川に仕切られた城下は、八万石のそれにしては小さく、残る一方にも広がりを見せない。いつともなく少女の足で歩き尽くしてしまうと、明世はその狭さに驚き、息苦しさを覚えたほどである。裕福な武家に生まれ、広い屋敷に育ちながら、生きてゆく土地の狭さに居心地の悪さを感じたのは、まだ世間を知らない少女の贅沢《ぜいたく》であったが、田舎びた城下に生まれて外の世界を夢見たのは彼女ひとりではないだろう。好奇心ほどに分別のなかった少女にとって、川の堤は外へ向けて自由に思いを馳《は》せられる安息の場でもあった。

明世がその道を歩いて有休舎《ゆうきゅうしゃ》へ通うようになったのは、二十二年前の十三のときである。彼女は天保《てんぽう》元年の生まれで、数えて十四歳であったから、天保十四年の晩春のことであった。いたずらから墨絵をはじめた少女は、庭の花木や鳥を写すことに飽きてしまうと、父に願い出て画塾へ通わせてもらった。人一倍、好奇心が強く、誰もが認める利発な娘だったが、自意識もかなり強かったのだろう。父にすれば娘の好奇心を利用して花譜《かふ》でも作らせるほどのつもりであって、むろん画家にするために塾へ通わせたわけではなかったが、彼女はすぐに南画の世界に没頭した。

「まるで玉瀾《ぎょくらん》だな」

入門してまだ日の浅いあるとき、課題となっていた絵を見せると、父は彼女の知らない閨秀画家《けいしゅうがか》の名を挙げてからかい、母と顔を見合わせて笑った。その真似ごとで終わるだろうと思っていたらしい。彼女の描《えが》く絵は大胆ではあったが、南画の持つ静寂さや奥深さに欠けて、父を唸らせるほどではなかった。

（この絵では笑われても仕方がない……）

明世は自分の中にもある不満の原因が未熟な筆遣いではなく、対象そのものにあることに気付いていたし、もともと父は狩野派を好む人であったから、彼の意地悪な批評も深くは気に留めなかった。そのころの彼女は玉瀾はおろか池大雅《いけのたいが》すら知らない、ただの娘であったし、好きなものを好きなように描いていれば幸せであった。画塾へ通うのも、少しでも広い世界を知りたかったからである。父が玉瀾のようだとからかった絵は、師の所有する画譜《がふ》からの模写にすぎなかった。

当時、城下に画業を生業《なりわい》とする南画家はほかになく、入門したばかりの明世にとって師の教えは絶対であった。しかも大人と子供である。身分は物を言わず、弟子は弟子にすぎない。ましてや基礎を習う段階での好き嫌いは許されなかった。

そういう師弟の関係はすぐに呑み込めたものの、見たこともない明《みん》や清《しん》の風物や他人の絵の模写を強いられるのは苦痛でしかなかった。彼女は画本に従って決められた技法を習うよりも、目の前にある花をその目に映るように描《えが》きたいだけであった。けれども自由に描くだけでは稚拙すぎたのである。

師のもとへ通うとき、彼女は課題の絵を丸めた巻軸を女中のしげに持たせ、自分は矢立てを帯に挟み、綴《と》じ紙を持ち歩いた。追手先《おうてさき》の白壁町《かべちょう》にある屋敷から外堀に沿って西へゆくと、じきに家並みは途切れてしまい、かわりに現われる田畑や林を眺めながら、そのとき目に付いたものを写生するのが道筋の楽しみであった。そうして道端に立ち止まり、川の堤を歩くとき、彼女はしかし、今日は何を言われるだろうかと不安な心持ちで師の顔を思い浮かべた。

有休舎は思ひ川と田地に挟まれた小高い荒地の上にあって、茅葺《かやぶ》きの庵《いおり》のような家に形ばかりの生垣がめぐらしてある。表戸を開けると正面に広い板の間があり、そこが弟子たちの溜まり場であった。次の間が師の画室で、畳の上に毛氈《もうせん》が敷かれている。その奥の居間から現われる男を見ると、明世はそれだけで緊張した。

岡村有休はすでに領国では名を知られた青年画家で、筆の鋭い優美な絵を描く。とりわけ花鳥に気品があると評した父の、知人の弟であった。本名を岡村健蔵《けんぞう》といい、百二十石をいただく武家の三男である。長兄の岡村多志摩《たじま》は船奉行で、大番頭《おおばんがしら》の父とは文人としての行き来があったらしい。多志摩もまた南画を嗜《たしな》む人であったが、当主が画家の道を歩むわけにはゆかず、末弟にその夢を託したのだろう。画塾は彼の援助で成り立っていた。

明世ははじめ、そういう世間の繋がりは知らずに、師となった有休を武士の変わり者として見ていた。まだ二十二、三の若さでありながら、彼は竹翁《ちくおう》とも葦秋《いしゅう》とも号し、寡黙な人であった。端正な顔立ちでありながら、身なりに無頓着で、会うときは常に気むずかしい目をしている。はじめて訪ねたときも、紺無地の着流しに擦り切れそうな帯をしめ、無言で明世の挨拶を聞いていた。

「それで、何を描きたい」

いきなり低い声に訊《たず》ねられて顔を上げると、男は左手に綴じ紙を持ち、筆を走らせていた。視線は紙と明世の間を行き来している。彼女は不躾《ぶしつけ》な応対に驚いたが、ときおり男のまっすぐな視線に出会うと、瞳を貫かれるようで生きた心地がしなかった。異性の目に自分をさらすのも、人に描かれるのも、それがはじめてであった。

明世は額に指でも押しつけられたように感じながら、花や草です、と小声で答えた。

「それから？」

「できれば、蛙も……」

「蛙？」

「よく見たことがありませんので」

「それなら、じきに厭というほど見られる」

彼は口元をほころばせたが、言葉は相槌にすぎず、目は明世の顔にとまっている。彼女はたまりかねて目を伏せたが、再び男の声を聞いたのはそれからしばらくしてからであった。

「ほかに描きたいものは？」

「いまは思い付きません」

「では、次に来るときに花の絵を持ってきなさい」

四、五枚は描いただろうか、彼はようやく筆を置くと、雑談をするでもなく腰を浮かせた。
「弟子にするかどうかはそれから決めよう」

それだけ言って立ち上がり、

「明日、まいります」

あわてて明世が言ったときには居間の襖《ふすま》は閉められていた。人にそういう態度をとられたことはなかったので、彼女は茫然としたが、不思議と外へ出ると新鮮なものに打たれたように胸がときめいているのを感じた。高名な画家に自分の絵を見てもらえるだけでも幸せであったし、探していた未知の世界へ飛び込んだ気がしたのである。居合わせた数人の弟子たちの好奇な目に見送られて堤の道へ出ると、来たときよりも川の景色が鮮明になって、青草に挟まれた水の流れが目に染みるようであった。

白壁町の家に戻り、父母に報告するときも、明世はわくわくしながら、葦秋先生は気むずかしい御方だが悪い感じはしない、と勝手に好みの号を選んで話した。有休とか竹翁とか、老人を思わせる号は彼の若さに似合わなかったし、中では葦秋がましであった。

父の末高八百里《まつたかやおり》は御家《おいえ》流の書のほうで墨涯《ぼくがい》と号していたが、そういう仰々しさも葦秋には似合わなかった。厳しいが繊細な人に違いないと熱心に語りながら、彼女は自分を見る父の眼差しと葦秋のそれとがまるで違うことに気付くと、何か大変なものでも見つけたようなときめきを覚えた。

「明日、絵を見ていただきます」

くるりとした目をさらに輝かせ、声を弾ませる娘を、父も母も半ば呆れて眺めていた。

「ま、好きなようにやりなさい」

と父は娘の興奮を受けとめたが、母のいせは目でたしなめて、せいぜい二、三年の間ですよ、と釘を刺した。いせはそれとなく、そのあとに待っている女子の宿命を暗示したのだったが、明世は自分が嫁ぐ日を思い浮かべたことはなかった。そのときも、二、三年で画家になれるかどうか見極めなさい、と言われたとばかり思っていた。

末高の家は三百三十石の上士《じょうし》で、その年、四十路《よそじ》を迎えた父は大番頭であった。ひとり娘の明世の下には帰一《きいち》という弟がいて、彼が跡をとることは決まりきっていたから、明世はいずれ他家へ嫁ぐのが定めであったし、十五、六で縁談が決まるのも早いとは言えなかった。あとから思うと、同じ年頃の娘たちが針や料理を覚えるときに、絵を習う明世が異端であった。高禄の家に生まれ、何不自由なく育ったために、彼女はまだ世過ぎということを知らず、一日を娘の感情で暮らしていた。

その夜のうちに、彼女は描きためていた絵の中から葦秋に見せるものを選ばずにはいられなかった。夕餉《ゆうげ》のあともしげに手伝わせ、座敷に並べたり、鴨居に掛けたりして見比べてみるが、いざとなるとどれも気に入らない。美醜を見分けようとすればするほど、どの花も墨が付きすぎ、葉は枯れているかに見える。そのうち、しげは疲れ果てて座り込んでしまい、仕方なしに朝顔の絵をすすめたが、明世は妥協しなかった。

明くる朝、彼女は思ひ川の堤を駆け出しそうになりながら、葦秋を再訪した。選びに選んで持参した絵は、それまでで最もうまく描けたと思う一輪の牡丹《ぼたん》であった。

葦秋が何と言うか、期待と不安とで胸が波立っていたが、有休舎の前まで来ると、彼女は覚悟を決めて訪《おとな》いを告げた。時刻が早いせいか板の間に弟子たちの姿はなく、応対に出てきたのは通いの女中であった。十六、七の町人の娘で、言葉付きが少し乱暴だが働きものらしく、きびきびとしている。きれいに片付けられた画室に通されて待っていると、葦秋は裏庭に下りていたらしく、じきに踏み石を上がる下駄の音が聞こえてきた。

「早く来たね」

居間から現われた彼は、ちらりと巻軸を見てから持主に目を移した。どこか昨日とは眼差しが違って涼しげに見えるのは、彼とともに居間を通り抜けてきた風のせいかもしれなかった。明世はやはり身を固くして丁寧《ていねい》に辞儀をした。

「見せてごらん」

促されて巻軸を広げると、葦秋は両手で裾を押えて眺めた。絵に向き合った途端に気むずかしい目になり、神経がある一点に集中するのが分かる。明世は葦秋の視線を辿るようにして、彼が凝視している自分の絵に目を落とした。牡丹は四尺の横半切《はんせつ》ほどの紙に伸び伸びと描かれていて、その下に五、六枚の葉が遊んでいる。花は淡い墨を重ねるようにして、葉は思い切った焦墨《しょうぼく》で描《えが》かれ、乱暴な印象は否めないが調和はとれていた。

「これは、何を見て描いたのかね」

祈るような思いで待っていると、葦秋はしばらくしてそう言った。依然として視線は明世の絵にそそがれている。

「庭の牡丹です」

「わたしには、そうは見えないが……」

「どういうことでしょうか」

明世は血の引いてゆく思いで訪ねた。牡丹は去年の夏に屋敷の庭に咲いたものだし、絵は誰が見ても牡丹にしか見えないはずである。未熟な筆のために墨の斑《むら》や無駄はあるとしても、それほど幼稚なものとは思えなかった。

「この絵には線がない、没骨《もっこつ》といえば没骨だが」

彼は独り言のように答えて明世を見ると、墨が暴れているとも言った。そう指摘されると、たしかに輪郭がなく、花弁も蕊《しべ》も葉も墨の濃淡だけで描《えが》かれている。明世は無意識にしたことだが、そのときになって絵には線がなくてはいけないのかと茫然とする気持ちだった。見込みはない、といきなり額に烙印《らくいん》を押された気がした。

力なくうなだれた娘へ、葦秋は険しい眼差しとは逆に穏やかな口調で話した。

「田能村竹田《たのむらちくでん》を知っているね」

「いいえ」

「葉の部分はともかく、この絵は竹田の牡丹図によく似ている」

明世は驚いて顔を上げた。迷いに迷って選んできた絵が、誰かの絵に似ているという。田能村竹田ははじめて聞く名前で、どういう字を書くのかも知らない。その人の絵を写したのではないかと、葦秋の目は暗に非難しているかに見えた。

憤慨したものの、彼女は混乱してすぐには何も言い返せなかった。才能がないとか未熟だとか言われるのは仕方がないとしても、人の絵を真似たと言われるのは屈辱であった。口惜しさに唇が震えて黙っていると、葦秋は腰を上げて、どこからか一冊の画帖《がじょう》を持ってきた。その中に竹田の絵があるらしく、彼はそこを開いてみせた。

右から上部の空白にかけて題辞の書かれた、美しい牡丹の図であった。長い題辞は読めないものの、明世はひと目見て違うと思った。図版なので実物の大きさははっきりとしないが、絵には淡彩を施してあり、薄紅色の花と緑の濃淡を使い分けた葉の部分の対比が華やかであった。だが線がないのは花弁だけで、枝や葉にはくっきりと描かれていたのである。それだけでも明世の絵が模写でないことは分かるはずだが、葦秋はじっと顔色を見ている。それとも構図のことを言ったのだろうかと思いながら、彼女は恐る恐る見つめ返した。

「どうだね、この絵を見たことは？」

「ございません」

きっぱりと答えたつもりが、自分の声がくぐもるように聞こえた。

緊張と悔しさで声までが思うようにならない。明世は思い切って言い直した。

「牡丹を正面から描けば、誰でもこうなると思います」

「わたしが言っているのは、なぜ線で描かないのかということだ、物を描くとき、人は形を線で表わす、とくに子供はそうだ」

「お言葉ですが、本物の花には、いちいち線など引いてありません、ひとつひとつ違う形があるだけです」

「その形を表わすのが線だとは思わないか」

「気が付きませんでした」

彼女は正直に答えた。ひとりで墨絵をはじめた娘に、南画の技法など分かるはずがなかった。

「では、この絵をどう思う」

明世が唇を噛んでいると、葦秋はまた画帖の別のところを開いて訊ねた。ほとんど真っ白な絵は春蘭図といって、やはり竹田の筆だという。蘭は優雅な花の部分も、たくましい葉の部分も素描きの線のみで描《えが》かれていて、牡丹図とはまったく違う鋭さで明世の目に飛び込んできた。

「美しいと思います」

彼女は率直な感想を言った。

「でも、本当の蘭とは違います」

「だが、線だけで描きながら気品すらある、線を無視するわけにはゆかない絵だ」

「でも、わたくしの目に映る蘭ではありません」

「絵はそれでいい、描く人の目や心を通してそれぞれの絵になる、それが見る人の目を通して本物に返《かえ》れば、よい絵ということだろう」

「………」

「よい絵を描くためには技がいる、線もそのひとつだし、没骨で描くにしても見えない線を見なければならない」

「没骨？」

「線ではなく色の濃淡で描くことをそう言う、あなたの牡丹がそうだし、おそらくはほかの絵もそうだろう、しかしこのままでは本物にはならない、今日からここで学んでもらうが、覚悟はいいね」

明世は目を見開いて葦秋を見つめた。それまで彼女の胸を占めていた屈辱とはまるで逆の成りゆきであった。驚いている間に葦秋はまた立ってゆき、明世に自作の画本を寄越した。そこには四君子《しくんし》と呼ばれる梅、竹、菊、蘭が描かれていて、どの花も彼の筆らしい優美さに満ちている。

「わたくしも、このように描けるようになるでしょうか」

彼女は明るい声で言ったが、葦秋の返答は、模写は模写であって、自分の絵を忘れてはならないというものだった。そのとき玄関のほうから弟子らしい男の声が聞こえて、師と水入らずのときに終わりを告げると、明世は礼を述べて辞去した。

「いかがでございましたか」

外で待っていたしげに訊かれて、彼女は今日から先生の弟子になる、と答えた。自分の意志で決めたような言い方をしたのは、思い切り前へ向きはじめた気持ちの表われだったが、女子として分別があるとはいえなかった。彼女はしげとともに堤の道を戻りながら、いつかは葦秋のような画家になるであろう自身の姿を思い描《えが》いていた。

その日から明世にとって葦秋は大きな目標となり、南画は自由な心の世界へと彼女を導く標《しるべ》となっていった。ひとりの部屋で墨をすり、筆を執るとき、彼女は最も幸福な娘であった。

有休舎へ通うようになってから、彼女は知らず識らず腕を上げてゆき、徐々にだが絵を見る目も養われていった。四君子を終えて模写に移った当初は線を拒む気持ちが強く、人の描いた山水や人物をただ真似るのは苦痛だったが、続けるうちに自分ならこう描くという線を絵の中に見つけるようになっていた。その線はときおり模写の枠から食《は》み出し、模写が模写でなくなるときがあったが、それについて葦秋が厳しく指導することはなかった。彼は明世の絵を見ても、手を入れることはせず、次の課題を与えるだけであった。

「墨が落ち着いてきた」

長い凝視のあとのひとことを聞くために、明世は師のもとへ通った。けれども、相変わらず画材は明や清の風物であったから、その目で見ることのできないものを描くことに疑問を抱くまでに長いときはかからなかった。好きで描くはずの絵に画賛《がさん》を施すのも、見る人の思考を強引にそこへ導くようで好まなかったし、求めたものと違うものを描かされる意味もよく分からない。ただ画塾に集まる様々な人々のようすに、彼女は広い世界を見るように安心した。

そうして一年が過ぎ、ようやく模写から解放されたとき、しかし彼女の絵は大きな変化を見せたのである。好きなものを好きなように描く日々に戻ると、思いのほか筆が自由に動いた。好きな没骨で花を描くと、不思議なほど以前とは違う絵が生まれる。しかも模写によって学んだはずの技法は、まったくと言ってよいほど彼女の絵には表われなかった。改めて牡丹を描《えが》き、葦秋に見てもらうと、彼ははじめて柔らかな表情をした。

「一年でここまで伸びるとは思わなかった、若さが若さとしてよく輝いている」

　そう言って、その絵を弟子たちにも見ておくようにと指示した。明世は塾に自分の居場所のできた気がした。絵はしばらく板の間に飾られ、彼女もそれとなく眺めたが、はじめて葦秋に見せた牡丹とは比較にならず、竹田の牡丹図とも明らかに異なっていた。彼女はそのときになって、ようやく何を学んできたのかが分かる気がした。それはやはり、一年前に葦秋が言った通り、彼女の絵には表われない線というものに思われた。

　ひとたび線を理解すると、明世の絵はみるみる進歩した。けれども充足のときは短く、秀作を描かずにはいられなかった。誰よりも自分の絵を見つめる目が厳しくなって、むしろ下手になったと落ち込むことすらある。ひとひらの花弁の冴えに狂喜し、全体としての情趣の欠落に悩んだ。まだ苦労らしい苦労を知らない娘にとって、一枚の不出来は永遠の習作を意味した。足りないのは才気ではなく経験であるのに、終わりのない世界に踏み出したことにすら彼女は気付いていなかった。

「末高どのの娘御が、よい絵を描くそうだ」

どこからともなく評判が立ち、父の八百里は機嫌をよくしたが、明世にとって世間の評判など意味がなかった。画塾へ通う少女の絵を誉める人がいるとしたら父への世辞だろうし、彼女自身、誉めそやされて喜ぶ娘でもなかった。ましてや南画は彼女の生き甲斐になっていたから、甘い批評や世辞には却って腹が立ったし、その裏で、お嬢さまの遊びだと言われるのは癪《しやく》であった。

画家として自らの人生を切り開こうとする意欲は同門の弟子たちにも感じられて、苦しい境涯にありながら彼らの精神は常に張りつめていた。家の都合で有休舎には月に一度しか通えないものもいれば、紙一枚の工面ができず、葦秋の厚意にすがるものもいた。明世とは別の意味で、絵が唯一の希望であった。彼らに比べれば好きなだけ絵を学べる明世は恵まれていて、遊びと見られても仕方がなかったし、そう見られるのが厭なら彼らよりも優れた絵を描くしかなかった。

明世が心底から南画に没頭したのは、そのことに気付いてからである。当時三十人ほどいた弟子の中で女弟子は彼女ひとりだったが、やがてそれ以上に彼女の描く絵は目立つようになり、葦秋も密かに喜んでいたようである。弟子には武家の子息もいれば町人もいて、彼女が親しくなったのは平吉《へいきち》という蒔絵《まきえ》師の倅《せがれ》と、小川陽次郎《おがわようじろう》という小禄の武家の次男であった。有休舎から城下へ帰る道はひとつであったから、堤を歩く束の間、同い歳の彼らはよく道連れになった。

「このさき絵が売れずとも、おまえには蒔絵という食い扶持《ぶち》があるからいい、おれの腕では絵草紙の内職がいいところだろう」

あるとき陽次郎が言うのを、明世は彼らについて歩きながら、目の覚める思いで聞いていた。それまで、暮らしのために絵を売るということを彼女は考えたことがなかったのである。

小川家の当主は役料を入れて二十二石三人扶持の祐筆《ゆうひつ》で、陽次郎はいつ見ても両肩に継ぎの当たった筒袖に垢染みた袴を着けていた。身なりは町人の平吉がましであったが、彼はおおらかな気性でこだわらず、どちらかと言えば平吉のほうが影の薄い子だった。静かな川風に吹かれて歩くひとときを、彼らも心が和むのか、後ろにいる明世を気にせずに話した。

「蒔絵の内職というのはないかな」

「墨と金粉とでは勝手が違いますから、むつかしいでしょう、わたしは意匠のつもりで絵を学んでいます」

「すると、やはり墨絵で食うしかないか、しかしおれの絵は売れぬだろうなあ……明世どのはどう思われます」

いきなり陽次郎が振り向いたので、彼女はびっくりして立ち止まった。

「もう少し上達すれば、売れると思いますか」

「さあ、わたくしには……」

明世は言葉を濁した。彼の絵は独創的で目新しいものの、世辞にも上手いとは言えなかった。いつまでも我流で自己表現が強く、勢い、対象から食み出したものばかり描くので、葦秋も呆れている。以前の明世と似ていると言えないこともないが、乱暴な印象がつきまとうのが疵《きず》であった。彼女はむしろ精密な絵を描く平吉に画家としての可能性を感じていたが、皮肉なもので平吉は親の言い付けで蒔絵師になることが決まっていた。

「そうでしょうな、いくら金持ちでも、わたくしの絵を買う物好きがいるとは思えません」

陽次郎は明るく言ったが、瞳には憂いが見えて、明世は俗に部屋住みと呼ばれる人の焦燥を覗いた気がした。画家を志した動機が家の貧しさや自立にあるなら、売画は当然の目的であった。そのことにどうして気付かなかったものか、少年が道楽で絵を学んでいるはずがなかった。同情とも違う何か惹《ひ》きつけられる心地で陽次郎を見ると、誰か奇特な人を知りませんか、と彼は茶化した。

「二十年後でよろしければ、わたくしが買いましょうか」

明世が思い切って口にすると、

「そりゃあいい、平吉、おまえも一枚どうだ」

約束とも言えない話に彼は浮かれてみせたが、

「二十年後のことなんて、どうなるか分かりませんよ」

生真面目な平吉はそう言った。

しかし、そう言った平吉のほうが二十年後の姿ははっきりと見えてくる。比べて陽次郎は、どうなるか知れない身の上だった。翌年、彼らは十六歳となり、陽次郎は春に元服したものの、家の内証のためか、夏がゆき、秋が来ても無腰のままであった。彼らはすすきの目立ちはじめた堤を歩いた。

来年からここへは月に一度しか来られなくなるだろうな、平吉が突然そう打ち明けたのは秋も暮れかけたころで、家業の手伝いが忙しくなり、修業に本腰を入れなければならないというのが理由だった。彼はすでに蒔絵の仕事をしていて手伝いの域を超えていたから、ひとりの職人になるということだろう。

「あと二、三年はこうしていたかったけど、親の言うことだから逆らえないよ」

「おれもそろそろと思っているが、絵は何とか続けたい」

と陽次郎は言った。彼が立ち止まったので、平吉も並んで川を眺めている。足下の土手にはすすきが群れて、晴れているのに川面は沈んだ色をしていた。

「本音を言うと、金になどならなくてもいいんだ」

「それで、どうする」

「分からんが、絵で食えぬことは分かっている」

明世は二人の言葉を我が身に置き換えながら聞いていた。このさき絵で生きてゆけないのは陽次郎と同じだろうし、平吉のように職人にはなれない。かといって女子だから絵を諦めなければならない理由もないのだった。上士の家に生まれて暮らしの心配はないものの、武家の女子が画家になるためには狭い世間の仕来りを破らなければならない。陽次郎の苦悩と明世のそれは、まったく別のものであるのにどこかで通じ合っていた。

「まいりましょう」

と囁いたしげを無視して、彼女は男たちと、目の前を過ぎてゆく秋の気配を惜しんでいた。

陽次郎とも平吉とも、絵の世界がなければ一生口をきくことはなかったかもしれない。そのとき明世は思ったが、そうして彼らといることに違和感は覚えなかった。葦秋の弟子というだけで彼らは等しく結びっついていた。おとなしい平吉が黙っていても済むことを打ち明けたのも、陽次郎が本音を洩らしたのも、明世が去らずに立っているのも同じ思いからであったし、絵がなければ誰もが窒息しそうな時期であった。

堤通りを戻り、二人と別れて白壁町の家へ向かいながら、明世ははじめて女子の世過ぎというものを考えていた。絵を描くことと食べてゆくことが別となると、親を頼るしかないのが現実であった。

その日の午後に母から縁談があると聞かされたのは衝撃だったが、彼女にとっても一生を決めるときが近付いている証《あかし》だった。縁談の相手は御側《おそば》御用人・馬島林左衛門《まじまりんざえもん》のひとり息子で、蔀《しとみ》といい、役高三百石の家だという。釣り合いのとれた話だし、うまくすすめば再来年の春には祝言の運びになるだろうから、そのつもりでいるようにといせは話した。

「このまま絵を続けてはいけませんか」

それとなく拒んだ明世へ、いせは首を振り、女子の幸せについて諄《じゅん》諄《じゅん》と語った。嫁にゆくほかに女子の幸せも生きてゆく道もない、あとで気付いても取り返しはつかないのだと繰り返した。ほかでもない母が世間の仕来りであった。

「一度、葦秋先生に相談してはいけませんか」

「あなたがどう思おうとも、あの御方は一介の絵師にすぎません、一生のことを相談する筋ではありません」

それならじかに父と話すしかない、と明世は思った。いせを通して言えば、言葉は微妙に変わり、結果はいせが叱られるだけだろう。避けては通れない壁が忽然《こつぜん》と目の前に現われた気がした。

女子が絵の道に生きては、どうしていけないのでしょう。嫁して他家の人となるよりも絵筆とともに暮らすほうが、わたくしにはどれほど幸せか知れません。家に残るのがご迷惑なら、先生にご相談して、どこかで暮らしの立つようにもいたします。せめて、あと二、三年のご猶予をいただければ、少しは絵もうまくなりましょうし、子供たちに教えることもできます。

話したが、父の八百里は分からない。絵といえば狩野派の人であったから、墨をこすり付けたような娘の絵に才能の底を見ていたのかもしれなかったが、それ以前に世間体と親心があって聞く耳を持たなかった。

「娘が不幸になると分かっていて勝手を許す親はどこにもいない、それほど絵を描きたければ馬島へ嫁してからでも続けられる、それしきのことが許されぬ家ではない」

彼は言い、明世の志を浅はかな若気《わかげ》にすぎないと切り捨てた。父の無理解を予期しないわけではなかったが、明世はあまりに平凡な言葉に失望した。大勢の人間の上に立つ大番頭ともあろう人が慣習にこだわれば、世間は永遠に変わらないだろう。少しは理解のある人と思っていたのは、父という血縁を見る、子の目の甘さのようであった。

「馬島蔀は十五人扶持の使番格だが、いずれは父御に追いつき、あるいは追い越すだろう、人柄もよく、これといって不足のない男だ、舅《しゅうと》となる林左衛門どのも信望が厚い、そういう家から嫁に望まれるだけでも幸福と思わねばなるまい」

父が言う間、明世はうつむいて黙っていた。はい、と言わないことが、彼女にできる抵抗であった。聞きたくもない言葉が尽きるのを待って、うやうやしく辞儀をすると、彼女は青白い顔をして部屋を出ていった。

嫁にゆくことが女子の幸福と信じて疑わない父に、それ以上心のうちを晒《さら》して見せるのは無駄であった。情熱を若気というのであれば、そうでないことを十年でも二十年でもかけて見届けてほしい。そのときになって嫁がなかったことを後悔するようなら、わたくしが悪うございましたと謝りますから、いまは好きにさせてくださいまし。胸の中で言いながら、彼女は静かに障子を閉めた。

そのあと、いせは娘の育て方を責められ、弟の帰一はわけもなく叱咤されて、みなが厭な思いをしただけであった。明世は馬島家へ嫁すことを承知したわけではなかったが、自分の知らないところで話がすすめられてしまえば承知したも同然であった。言うだけのことは言ったあとで、さらに父母のすることに背く自由はなかった。

やがて師から清秋《せいしゅう》という号をもらい、雅印《がいん》まで拵《こしら》えた娘に、八百里はこれで満足だろうと言った。明世にとって落款《らっかん》は絵を続けてゆく意志の拠《よ》り所となったが、父は自身に都合よくとったのである。あるいは、そうしてじわじわと諦めさせるつもりかもしれなかったが、残された月日を思うと、彼女はなおさら夢中になっていった。嫁ぐことは眼中になく、南画以外のことを考える気にはなれなかった。堤の道を有休舎へ向かうとき、彼女は一年のうちに父を唸らせる絵を描くことだけを考えていた。

父が出仕したあとの、家族にとって本当の一日のはじまり、しげを従えて有休舎へ通うことが彼女に残された自由であった。この一年、そう期限を告げると、父はけりを付けたように何も言わず、母は早く帰るようにとだけ繰り返した。明世は毎日を駆けるような気持ちで過ごした。初夏の一日、雨に濡れて緑の匂う堤を歩いていると不意に胸をしめつけられて、ああ、これも描かなければと思う。ありふれた草までが絵心を刺激するのは、無意識に残る月日を数えるからであった。

けれども、焦れば焦るほど絵はうまくゆかなかった。人を唸らせる絵を描こうとするためか、筆は技巧に走り、灰汁《あく》ばかりか素材の味まで消えてしまう。表情のない平凡な絵を葦秋はすぐに見抜いて、どうしたのかと訊ねた。

「生気がまるで感じられない、こういう絵は見たくないし、いくら見たところではじまらない」

言葉よりも失望を露《あらわ》にした目に、明世はどう応えればよいのか分からなかった。

自分の口から、縁談があって落ち着かないとは言えない。言えば、そんなことで筆が縮むようでは画家にはなれない、と葦秋は本当に失望するだろう。こういうときだからこそ、まっすぐに情熱をぶつけた絵を描いて、どうでも絵の道にとどまれと言われたいのに、肝心の絵が駄目になりそうな成りゆきに明世は血の引く思いがした。

「この絵のままに、その目に映った花なら仕方がない、上手下手以前の問題だろう、しかし、それが画家にとって一番大きな問題でもある、物に感じ、本質をとらえる目がなければ誰が描いても同じ絵になる、これはそういう絵のように思う」

「申しわけございません」

「わたしに謝ることはない、どう描こうと自分の絵なのだから」

失望から怒りが覗くと、突き放すような葦秋の言葉は明世の胸にこたえた。いまは気持ちが思うようにならないと言ってみたところで、言いわけにすぎない。彼女は平伏《ひれふ》して、二度とこのような絵は描きませんから、どうか見捨てないでくださいまし、と言うのがやっとであった。

「この絵は捨ててしまいなさい」

葦秋が言い、彼女は画室から下がると本当にそうした。容赦のない批評に目覚めると、毎日何を見てきたものかと自身の不甲斐なさに呆れた。

帰り道、しげと堤に立ち止まり、気慰みに雨の川原を写していると、行く手から近付いてくる小川陽次郎の姿が見えて、彼女は急いで筆を矢立てに仕舞った。傘を差すと、すれ違うのがむずかしい細道である。近くまできて立ち止まった陽次郎へ、彼女は会釈して通りすぎるのを待ったが、目が合うと彼は久し振りに話しかけてきた。

「下宮《しもみや》の渡し近くに菖蒲が咲いてますよ、よろしければ帰りにご覧になってはいかがですか」

「それは、ご親切にどうも……」

「平吉も、いいものを描いているようです」

穏やかな笑顔に明世は救われた気がした。

そうして顔を見るだけでも気が休まるというのに、平吉が滅多に来なくなってから、陽次郎は明世と歩かなくなっていた。彼なりの分別かと思われたが、明世のほうは帰る道が淋《さみ》しくなってしまい、何か取り残された気がした。どうせ嫁ぐなら陽次郎のような人がいいと思うのも、彼となら生涯絵の楽しみを分かち合えるからである。

一枚の白紙の上には無限に思われる心の自由があって、身分も男女の別もない世界が広がっている。息苦しさから絵筆をとるのは不遇にある人たちで、一生を思うに任せないから紙の上にもうひとりの自分を生むのだった。明世も漠とした不安に駆られて絵筆をとったひとりであって、陽次郎とは境涯も違うが、人間として彼との間にどれほどの違いがあるのか分からない。平吉がよい絵を描いていると聞けば、我がことのように嬉しい一方で、彼らに比べ、ひ弱な自分を思い知らされる気がするのも事実だった。

「わたくしは先生に叱られてきました」

「そんなことなら、しょっちゅうですよ、先生はそうやって弟子を鍛えてゆく、そう思えばどうということもありません」

「陽次郎さんも叱られることがありまして？」

「もちろんです、今日もこれから叱られにゆくところです」

さりげなく慰めてくれた陽次郎を見送り、彼女は堤の道を下宮の渡し場まで歩いていった。彼の言った通り菖蒲は咲いていたが、まだ数は少なく、桟橋の根元から手前の土手にかけてぽつぽつと見えるだけであった。菖蒲にとって雨は恵みであるのに、打たれるさまが哀れに見えて、明世は熱心に写した。幾枚か描くうちに雨をどうしたものかと思ったが、背後に川面を入れて表わし、葉をしならせると眼に映るままのようであった。けれども、そうすると絵が重くなり、哀れが暗さになってしまう。彼女は思い切って背景を捨ててしまうと、今度は一輪の花の表情だけを描《えが》いた。するとそこから描くべき情景の現われる気がしたのである。果たして花の下に川面を描くことを思い付いて、彼女はじっと広い流れを眺めた。

数日の雨続きで、川面は満々と漲《みなぎ》っている。いまは静かな流れも豪雨になると見違えるように荒れるときがあるので、川には橋がなかった。その分、川向こうは遠い世界に見えて、渡る日の来ない気がする。渡し場の対岸は狭野《さの》へ通じる街道だが、雨に霞んで見えてこない。一筋の川が人の一生をも遮りかねない重さで横たわっていた。

思ひ川は、城下の北東から西へ流れくるそのあたりでは三十六間ほどの川幅があり、すぐさきで北から流れてくる狭野川にそそいでいる。そこで七十間ほどに川幅を増し、城の西側をかすめて南へ下り、やがてさらに太い利根川へとそそいでゆく。あり余るほど水に恵まれる一方で、上流にある天領で森林を伐採するために洪水の多い土地であった。それまでも決まって六月に氾濫を繰り返してきたので、人々は梅雨が長引くと、またかと恐れはじめる。濁流に呑まれ、汚泥にまみれるのは城も例外ではなかった。

いまは静かな流れも、どこかに狂気を隠しているのだろうか。ひとつの絵の中にそういう深淵を描《えが》き出せたらと思っていたとき、しげの声が聞こえて明世は我に返った。

「そろそろ戻りませんと、奥さまがご心配になられますから」

遠慮がちに促したしげに、彼女はうなずいて筆を矢立てに納めた。しげにはしげの女中としての務めがあって、むろん好きでそうしているのではなかった。有休舎へ通うようになってから、明世は人の気持ちが少しは分かるようになって、しげにも優しくなったと思う。毎日のように明世の供をするだけでも、絵に興味のない彼女にはつらいはずであった。しかも自分よりも年頃であったしげが、いつの間にか婚期を過ぎていることに気付くと、やはり女子の幸福から遠ざかった気がしたのである。誰かに嫁がなければ、彼女はいつまでも女中奉公を続けるしかない。してみると、しげの幸福を結婚と結びつけるのに、自分だけが違うと考えるのは高慢なことかもしれなかった。

その年の梅雨は長引き、青空が覗くことは少なかったが、絵ができ上がると明世は大雨であろうと有休舎へ通い続けた。梅雨明けに商家で書画会が予定されていて、葦秋は新作に取り組む一方で、自ら絵に裏打ちをして軸装《じくそう》したり、経師屋《きょうじや》を呼んでこまかに指図したりと準備に追われていたが、訪れる弟子たちを指導するのはいつもと変わらなかった。書画会には弟子たちの絵の中からも数点が出品されることになっていたので、師としても気を抜くわけにはゆかないのだろう。万が一弟子の絵が売れれば彼らの収入になることはもちろん、奇特な後援者ができるかもしれなかった。

「もう一度、描き直してきなさい」

その日、明世が和画仙に描き直した菖蒲の絵を持参すると、彼は丹念に眺めてからそう言った。

「構図はこれでいいが色が見えてこない、思い切って花は淡墨か淡彩で描いてみなさい、それから落款は絵の裏に入れるように」

裏というのは絵の中心から広がる方向とは逆の位置のことで、そうすると均衡がとれるうえに焦点を作るという。墨の単彩であればなおさら目立つために、落款は南画にとって重要な絵の一部であった。

安易な気持ちで落款したのではないが、葦秋の指摘を受けると、そこにある絵が恐ろしく未熟に見えて、明世はまた遠い道を眺める気がした。構図はよしとされたのが唯一の救いであった。

「小さく調《ととの》える必要はない」

葦秋はひとこと念を押して、待っている次の弟子を呼び、明世への指導はそれで終わりだった。

彼女にとっても書画会は大きな目標となっていたから、そのあとの気持ちの張りつめ方は尋常ではなかった。書画会で認められれば父を説得できるかもしれない。明世は昼も夜もかまわず、疲れ果てるまで同じ絵を描き続けた。いくらでも描き直す紙があるのは、ほかの弟子たちよりも遥かに恵まれていたし、ひとりになれる環境にも恵まれていた。彼女は寝ても覚めても一輪の菖蒲を思い続けた。そうしてようやくできた絵を葦秋に見てもらうと、彼ははじめて、いいだろう、と言った。雨中菖蒲図と題した絵は、どうにか師の眼鏡《めがね》にかない、彼の手に預けられた。いずれ軸装されて、梅雨が明ければ書画会に並ぶはずであった。

ところが、梅雨は思うように明けてはくれなかったのである。毎日の雨の勢いはさほどでもないのに、ある夜、思ひ川と狭野川の堤が決壊し、城下は濁流に呑まれ、城内まで浸水する大水となった。その日から家中《かちゅう》は自分たちの屋敷の修理はあとにして、城の修復に従事し、商家は書画会どころではなくなってしまった。町屋では死人が出たというから、小さな家は流されたのだろう。明世が最も案じていた有休舎は、川縁にあるにもかかわらず堤から突き出した土地が堤防となって、運よく無事に残ったものの、通う道がなくなり、見にゆくことすらできなかった。

当座は家の手伝いに励むようにと、葦秋の言伝《ことづて》が弟子の間を巡ってきたのは大水から十日も過ぎたころであった。明世は水浸しになった屋敷のことよりも葦秋が心配であった。食べるものもなく、ひとりでどうしているのだろうかと思うと、このまま師との別れがくるようで恐ろしかった。

まさかとは思うものの、基礎の段階で葦秋を失うことは、明世にとって絵の道が永遠に閉ざされることを意味した。狭い土地に師と呼べる人は彼ひとりであったし、まだまだ教えを請わなければならない。

有休舎がなくなるようなことになれば、困るのは自分だけではないだろう。陽次郎や平吉との縁も切れてしまうに違いない、と彼女は密かに案じていたが、

「ちょうどよい、そろそろ絵はやめて家政を学べ、そのほうがよほどためになる」

父が言い、母もそうするようにすすめた。嫁してからでは実家は何も口を出せない、といせは馬島家との縁談を喜んでいながら深刻な口振りで話した。多かれ少なかれ姑で苦労するのは見えている。その姑に認められるためには、まずは何事もその家の家風に従い、台所の遣り繰りを覚えなければならない。こまかなことはいずれ女中に任せるにしても、自分が要領を知らなければ指図のしようがないし、家政は

思うよりむつかしい。姑で苦労したらしい母の言葉を、明世はしかし、上の空で聞いていた。それよりも孤立した有休舎が案じられたし、何よりも絵筆と墨が大事であった。

どうにか思ひ川の堤が修復されて通行が許されたのは、それから三月《み》もあとのことで季節は秋になっていた。その間に描きためた絵を持って、彼女は飛ぶように葦秋を訪ねた。

「みな、無事でよかった、それぞれに大変な三月《つき》だったろうが、変わらぬ顔が見られて嬉しい」

彼は思っていたよりも元気そうで、集まった弟子たちにそう言って微笑みかけた。見馴れた固い表情をゆるめて明世にも視線をとめたとき、彼女はまた道の続くことに安堵し、喜びに震えた。

もっとも、その年の書画会は中止となって、明世の絵も人目に触れる唯一の機会を逸してしまった。父ひとりに見せたところで結果は知れているし、たとえ上達は認めても、娘の志を理解し、容認するまでには至らないだろう。

「画家といっても、あの暮らしですからね」

いつだったかいせが言ったように、娘を画家にしたいと思う親がいたら、その人こそ変わりものであった。書画会が流れて、葦秋は買い手のない軸物を貯めただけである。弟子がいても、絵が売れなければ画家の暮らしは厳しく、身なりをかまえないのも当然であった。それでも画家になれるなら、生涯貧しくとも仕方がないと明世は覚悟したが、現実には良家の娘であって、陽次郎のように居場所も当てもない身ではなかった。

果たして大水の被害のために遅延するかと思われた馬島家との縁談は流れるようにすすみ、やがて冬が来て、約束の一年が暮れると、明世は父の八百里から有休舎をやめるようにと命じられた。予定通り祝言は来春の吉日に行なう、仲人はご家老の杉野《すぎの》さまにお願いしたと告げられると、彼女は目の前が真暗になった。万に一つの可能性に望みをかけていたから、結婚が動かしがたい事実となって現われた気がした。

「どうしてもやめなければいけませんか、絵だけは何があっても続けとうございます」

「まだそのようなことを申すか」

年頃の娘とも思えない強情に呆れ果てて、八百里は長い吐息をついた。

「どうでも続けたければ、馬島へ嫁してから蔀どのに相談しろ、わしが許せることではない」

「では、ただいま聞いてまいります」

勢い、彼女は本当に立ち上がった。

「お許しくださらないときは、わたくしは馬島へは嫁ぎません」

「戯言《たわごと》を申すな」

父は血相を変えて立ち上がり、部屋から出てゆこうとする娘を平手で殴った。明世は痛いとも思わなかったが、目を吊り上げた父の形相に驚きながら、しばらくは彼と向かい合っていた。父は父で驚いていたのだろう。父娘は頬を引きつらせながら、憎み合うかのように睨《にら》み合っていた。

やがて駆けつけたいせが取りなさなければ、父のほうがさきに倒れていたかもしれない。いせは上気してよろけた夫を庇《かば》い、立っている娘を座らせると、父上に謝りなさい、と言った。事情も訊かなかった。

「聞き分けがないにもほどがある、ここまで強情だとは思わなかった」

父が呟き、明世は奥歯を嚙みしめていた。はじめから結婚は厭で、絵の道にすすみたいと言い続けてきた果ての成りゆきであった。それを強情というのであれば、娘を無理やり結婚させる父や母がそうであった。世間の仕来りが彼らの道徳であり、娘を良家へやることが一家の無事であった。

だが、それは明世の無事ではなかったのである。ひとりの静かなときを絵を描いて暮らせれば、彼女は幸福であった。夫も子もいらないと思うのは若さだったが、若いからこそ情熱で生きてゆけないこともなかった。ただ、そのことを筋道を立てては話せない、一途な気持ちが若さだった。

「お許しくださいまし、わたくしが悪うございました」

再三いせに促されて、明世は仕方なくそう言った。頭を下げたのは、父の顔を見たくないからであった。彼女は心の中では恨みを言いながら、張り合いのない将来を思ったが、避けて通れる道はもうなかった。みすみす不幸になると分かっていながら、自分の意志でもなく、そこへ向かうことほど愚かしいことはない。そのことを父も母もどうして分からないのだろう。

もう家族などいらない、狭い世間の仕来りに縛られて何ができるだろう。どこかに男も女もない自由な世界はないか。あれば這ってでも行ってみたい。そこで、思い切り絵を描きたい。

その夜から彼女は熱を出し、虚ろな半病人となって床の中で暮らした。葦秋を訪ねて、見も知らぬ男と結婚することになったと告げる気力はなかった。彼女はしげに手紙を持たせて、不本意ながら絵を諦めなければならないことを伝えた。陽次郎たちと歩いた堤の眺めが夢の景色のように思われ、病《やまい》を治そうとする気力も湧かなかった。

それでも年が明けて春がすすむと、彼女は結婚し、馬島明世となった。数えて十八の結婚は遅いほうであったが、歳よりも幼く見えるから初々しいと言われた。自分の美しさには気付かなかった娘に、その日は男たちの視線がうるさいほどであった。御用人の息子と大番頭の娘という、傍目《はため》には眩しい縁組のせいだろうと彼女は思った。

夫となった馬島蔀は武士としては不足のない男だが、南画には関心がなく、だからというのではないが明世は好きにも嫌いにもなれなかった。舅も姑もそれなりに暖かく迎えてくれたが、嫁が画塾へ通うことは許さなかった。

「それほど描きたければ、家で描きなさい」

新妻への労《いたわ》りからか、蔀はそう言った。三百石の屋敷には丹精を凝らした庭があり、季節の花も咲けば鳥も来るという。指導してくれる人のいないのは不安だが、描くことが許されるなら、それでよしとしなければならなかった。

だが、現実には息の詰まるような一日の繰り返しだったのである。絵を描くといっても孤独になれるときは少なく、常に姑か夫が側にいた。姑がいれば姑に、夫がいれば夫に仕えなければならない。自由に絵を描く暇はなかった。朝夕に家族が揃うとき、彼女は他人の家にいる自分を感じながら、馬島の人間を演じなければならなかった。

しかも同じ城下の同じような屋敷に暮らしながら、馬島家の家風は末高のそれとまるで違っていた。当主が藩政にも関る用人だからか、藩の財政難を他家よりも遥かに深刻に受けとめていて、倹約が家に染みついていているのだった。台所には幾人か女中が働いていたが、末高よりも人数が少なく、しかもみな十三、四の娘であった。

「三年の年季で二両、よほどの働きものでない限り、下働きはそれより長くは置かない、給金が高くなるからな」

そう葎が教えてくれたが、掛かりのいることは押し並《な》べてそういう遣り方だった。林左衛門が細かい人で、家政にも目を光らせているので、妻女のそでも迂闊なことはできないらしい。そういう父母を見てきた葎は、倹約は悪いことではないし、馴れるしかないと言ったが、明世にはそれだけでも気苦労だった。早い話が度を越していて、茶を淹《い》れるにもいちいち許しを得なければならない。白紙に筆を染め、気に入らなければ反故《ほご》にしかならない絵を、馬島の家ではじめるには勇気がいった。

「どういう絵を描くのか、見てみたい」

はじめそう言った蔀も、半年が過ぎてもただの一枚も描かない妻を不思議には思わなかったらしい。もともと女子の描く絵のことなど眼中になかったのだろう。彼は城勤めに夢中で、帰宅するとぐったりすることが多く、父母の前では虚勢を張るものの、明世と二人きりになると疲れ果てた男に変わった。夫婦の寝間で、彼はよくひとりでいるかのように鼾《いびき》をかいて眠った。

「どこか、お体の具合が悪いのではありませんか」

「いや、ただの気疲れだ、父上が立派すぎるから、城では気が抜けない」

林左衛門が江戸詰になると、蔀はいくらかほっとして、その一年は割合に健やかに過ごした。明世は彼の機嫌のよいときに、一度、有休舎へ葦秋先生を訪ねたいと話したが、いまさら挨拶でもなかろう、それより家のことを覚えなさい、と言われた。だが家政は姑のそでが握っていて、彼女の言う通りにするしかなかったのである。覚えるというよりは女中のように従うしかなかった。

「どうか、絵を描かせてくださいまし」

「描けばいい、誰も描くなとは言っておらん」

しかし家の空気が拒んでいた。外へ出なければとても描けるとは思えない。明世はそれも我儘《わがまま》だろうかと思いながら、日毎に萎《しお》れてゆく嫁に気付かずにいる姑や夫に、やはり他人を感じていた。無意味で息苦しいだけの月日が過ぎていった。

突然、夫の蔀が倒れたのは夫婦にようやく子が生まれた翌年のことで、明世は二十四歳であった。彼は心の臓の病で歩くのも困難になって静養したが、半月後には再び発病して帰らぬ人となった。予期しない不幸にあわてたのは馬島家ばかりではなかった。

「まさか、このようなことになろうとは……」

葬儀のあと八百里から連絡があって、まだ若く再嫁することも可能だから、末高へ戻るようにとすすめてきた。そのとき舅の林左衛門は江戸にいて忙しく、葬儀のために帰国することもならなかったので、八百里は江戸へ意向を伝えたらしい。

しばらくして林左衛門から返書がきた。当主の留守中に家のことを勝手に決められては困る、帰国してから改めて話し合いたい、と彼は言ってきたが、巧みな方便だった。一度嫁したからには馬島の人間であり、跡継ぎを立派に育てるのが嫁の務めだと、明世は姑のそでに言われていたし、林左衛門も同じ考えでいたのである。翌年、彼が帰国したとき、母と子はいっそう離れ難くなっていて、子を捨てて実家へ帰れるのかと詰め寄られて、はい、とは言えなかった。子とともに末高へ帰ることは、むろん許されなかった。蔀が跡取りを残して逝ったことは馬島家には幸いしたが、明世にとっては長い束縛のはじまりとなったのである。

蔀という若い柱を失った一家は、幼い子を要《かなめ》にかろうじて結びついていた。林左衛門とそでにとって、初孫の順之助《じゅんのすけ》は唯一の希望でもあった。明世は彼を育てるためにだけ必要とされたから、家では我が子よりも低い立場に置かれた。家長である林左衛門は躾《しつけ》に厳しく、わしが親代わりだと言って、よく口を挟んだ。用人として手腕を認められていた彼は誇り高く、孫にも自分に追いつくことを望んだ。順之助が城へ上がるまでは用人でいる、と言ってはばからなかった。

だが、やがて彼にも死病を患うときがきて、お役御免になると家の内証は一変した。役高の三百石は足高《たしだか》であったから、九十石の家禄だけになると病人を抱えた暮らしは苦しいものになった。それでも当主が存命のうちはよかったが、一年後に亡くなると一家は屋敷を追われ、藩が用意した天神町《てんじんちょう》の家に移り住んだ。そのとき六歳だった順之助が継げたのは三十石に過ぎず、零落した家の前途は明世の双肩にかかることになったのである。馬島へ嫁して十年が経ち、明世は二十八になっていたが、画帖のかわりに姑と子を抱えた彼女自身の前途は一家のそれよりも暗く、蕭然《しょうぜん》としたものだった。

長い歳月を経て再び川縁の道を歩くことになったのは、その朝の些細な出来事がきっかけであったが、思い続けてきた道だけに、来てみれば唐突なことには思われなかった。なぜもっと早くそうしなかったものかと過ぎた歳月を惜しむよりも、いまはすがすがしさを覚える。

「もう聞きたくありません」

姑のそでに言い放ち、ぷいと家を飛び出してきたのは、煩わしい日常と馴れ合わずにきた女の強情であったが、彼女が帰るところは、むかしからそこと決まっていたのかもしれない。

十八年の間に堤はいくらか堅牢《けんろう》になって、しげと歩いた道も太くなっていたが、川の眺めは変わらなかった。幾度となく夢の中でも嗅いだ水辺の匂いが新鮮に感じられて、いくらでも胸に吸い込まれてゆく。明世は深い吐息をつくと、川上に見えている木立を目指して歩いていった。

どこへゆくという考えもなしに家を出てきたので普段着のままであったが、見窄《みすぼ》らしい身なりは気にならなかった。いつの間にか思ひ川の堤に出てしまうと有休舎へゆくしかないのだった。ただ十八年も経ってから、いきなり訪ねて葦秋はどんな顔をするだろうかと思った。末高明世という娘を忘れたとは思わないが、いまさら何の用事かと言われはしまいかと、それだけが不安だった。

彼女が結婚したあと、葦秋は一度だけ手紙をくれて、雨中菖蒲図を次の書画会に出品したいと思うがどうか、と訊ねてきた。もっとも、明世はその手紙を書画会が終わったころになって姑のそでから見せられたので、いいも悪いもなかった。そでは自分の文箱《ふばこ》に紛れていたと言ったが、そうして嫁を管理したのである。明世は返書も出さずじまいだった。あの絵を引き取って馬島の人間に見せるのは気が引けたし、思い出になさい、とさきに釘を刺されそうであった。

藩の指図で天神町の空家へ越してから、彼女はようやくぽつぽつと絵を描きはじめた。狭い家の中での姑との暮らしは、それまで打ち解けることがなかっただけに息苦しく、いっときなりと現実から逃れなければ本当に窒息しそうであった。薄暗い台所の板の間で絵を描く嫁を、そではいったい何がおもしろいのかという目で見たが、やめなさいとは言わなかった。明世は紙を買うために内職もしたし、三十石の中からそでに小遣いも与えた。跡取りを残して男たちが亡くなってから、そでは家政を放棄し、明世が一家の柱であった。

嫁の遣り方に口出しもしないかわり、そでは働きもしなかった。広い屋敷で奉公人を使うことには馴れていたが、自ら手を汚すことを知らない。しかも歳とともに固陋《ころう》になるようで、過去にこだわり、いまさら言っても仕方のないことに執着した。同じ嫁である明世に馬島家に嫁したために人生が狂ったといい、仇でも取るかのように亡夫の悪口を繰り返した。意外なことに、そでも結婚によって自由を奪われたひとりだったのである。今朝も彼女は林左衛門がいかに吝嗇《りんしょく》でひどい男だったかを言い出し、明世は聞くに堪えかねて飛び出してきたのだった。それでなくても八年も恨みごとを聞かされると、そでの苦労を思いやる気持ちはなくなり、優しい言葉はかけられなくなっていた。恨みというのであれば明世にもそでに言いたいことがあるが、言ってどうなるものでもなかった。

あれから実家の援助を辞退してきたのは彼女の意地であったし、一枚の画仙紙のために内職をするのも意地であった。どんなにつましく暮らしても絵の描けないことはない。そう思うものの、無駄にできない白紙を前にすると、正直なところ手が震えた。貧しさが筆に乗らないことを祈りながら描いた絵は、八年で百枚足らずであった。

そのうちの一枚でも持ってくるのだったと思いながら、明世は矢立てをはなさなかった遠い日を思い浮かべた。体が覚えているのか、川の堤を歩くと気持ちが落ち着き、そのまま絵の世界へ戻れるような気がする。家に縛られながらも自由な世界を忘れたわけではなかったから、いつかそうして有休舎へ向かうのは自然の成りゆきであった。

果たして木立は有休舎の庭や空地にあったもので、十八年も経つと背丈が伸びてどれも立派であった。明世は建増ししたらしい家屋の玄関に立ち、人のいない板の間を眺めた。そこで葦秋に呼ばれるのを待った日々が思い出されて、若い日の幻影を見るうち、あれから陽次郎や平吉はどうしただろうかと思った。思えば彼らのほかに心から語り合える人はなく、狭い城下に暮らしながら会うこともなかった男たちが彼女には大事であった。

つい訪いを告げるのも忘れていると、

「どちらさまですか」

と不意の声がして、応対に現われたのは似たような年恰好の女だった。美しく整った顔に驚きながら、見つめるのも不躾に思われ、明世は深々と辞儀をした。

淑《しと》やかで落ち着きのある感じから葦秋の妻女だろうかと思いながら、彼女は名を名乗り、先生はご在宅でしょうかと訊いたが、期待と不安とで声が震えていた。女は優しくうなずいて、お上がりくださいまし、と言った。

「お会いくださるかどうか、先生にお訊ねになってくださいまし」

「お名前は伺っております、きっと驚くでしょう」

明世が履物を脱ぐ間に、女は奥へ知らせに行った。むかしのように板の間で待ちながら、明世は襖の開いている次の間を眺めた。記憶にある画室よりも明るく小綺麗になっていたが、古い畳の上に毛氈が敷かれているのは同じだった。建増しした部分は夫婦の住まいなのか、板の間と画室の造りはむかしのままであった。そうしていると彼女は娘に還《かえ》る気がした。

しばらくして戻ってきた女は、画室に二人分の茶を用意してから明世を招き入れると、親切に茶をすすめて、また立っていった。目の端に葦秋が現われたのは、そのすぐあとであった。彼は藍染めの木綿の着流しに焦げ茶の角帯をしめ、姿付きも変わらないようすだったが、明世は顔を上げて面と向かい合うのが恐ろしかった。不義理を重ねたうえに突然訪ねてきた理由をどう言えばよいのだろう。三十六にもなって、もう一度絵を学びたいなどと言ったら笑われるに違いないのだ。彼女は両手をついて恐る恐る口を開いた。

「ご無沙汰いたしました」

「うむ、よく来てくれた」

葦秋の声には懐かしい人を迎える安らかな響きがあって、変わらない人柄が感じられた。救われた思いで顔を上げると、四十半ばになるはずの男は若々しい顔に微笑を浮かべていい、明世は彼の審美眼《しんびがん》に映る自分が恥ずかしいほどであった。

「こうして訪ねてくれるところをみると、どうやら絵は続けているらしい」

「我流のままで、少しもうまくなりません」

「我流といえば、みな我流だ、そこから新しいものが生まれる」

「下手な絵を叱っていただくのでした」

明世は言ってから、訪ねるつもりで出かけてきたわけではなく、川の匂いに誘われるように来てしまったことを話した。思ひ川の堤に立つのも十八年振りのことで、有休舎を忘れていたわけではないが、あれから一日も思うようにならなかったと話すと、一息に胸の痞《つか》えが下りる気がした。

彼女の短い言葉から、葦秋はおおよそのことは察してくれたようである。立ち入ったことは一切訊かず、相手が大番頭の娘でも小禄の家の寡婦《かふ》でも変わらぬ応対をした。彼にすれば絵の世界だけが人との接点であり、弟子はいつまでも弟子であるらしかった。

自分ひとりに向けた葦秋の穏やかな表情を確かめると、明世はほっとした。家では家族に寄りかかられて生きていたから、頼れる人に出会うのは心の救いになった。身構えていた気持ちがほぐれてしまうと、ありのままの自分を見せるのは他人のほうが楽であった。

「ついさっきまで、ふらふらとして、どこへゆくのかも分からずに歩いておりました」

葦秋の前で彼女は正直になった。彼は微かにうなずきながら、明世の顔に目を当てている。結婚が幸福に結びつかなかった女の変わりようを見ているのだろう。変わり果てた姿をさらすことで、明世のほうも不義理を許される気がした。

「でも、こうして先生にお会いすると、なぜ来たのか分かるような気がいたします、ここには柵も垣根もなくて心が広がるようです」

「そういう弟子が多い」

「いまも若い人たちが学びに来ますか」

「二十四、五人はいるだろう、幾人か大人の門人もいる」

彼は明世も知っている名前を二、三挙げて、平吉を覚えているか、と言った。

「腕のいい蒔絵師になって、ときおり城の御用も仰せつかるらしい、画家としても、いいものを残すだろう」

「あの平吉さんが……」

明世は、いつも陽次郎の傍らで肩を窄《すぼ》めていた影の薄い少年を思い浮かべた。あの平吉がそれほど立派になったのかと思ったが、案外に逞《たくま》しいのは彼のようにおとなしい人間かもしれなかった。

「未だに月に一度は訪ねてくる、変わらない男だ」

「わたくしと違って、くじけない人のようです」

「何であれ初志を貫くのはむつかしい、才能のいることはなおさらそうだが、最後は自分で決めるしかない」

葦秋は言い、絵を描くのに適当な齢《よわい》というものはない、必要なのは情熱だとも言った。言葉はまっすぐに明世の胸に飛び込んできた。彼は少しだけ先回りして、明世が言いかねている気持ちを引き出そうとしたようであった。

「先生」

と彼女は思い切って呼びかけた。

「わたくしは愚図で強情ですが、もう一度だけ絵を教えていただけるでしょうか」

「そのために来たのだろう」

「次はいつ来られるか分かりません」

「来られるときに来ればいい、事情は誰にでもあるし、都合をつけるのも情熱だろう、みなそうしている」

「紙を買うお金にも困っております」

明世はつい言いかけて、うなだれた。子供ならまだしも、いい大人が甘えてはならないと思ったが、思い切り描くためには無駄にできる

紙が必要だったた。葦秋は彼女の声を聞きとめたらしく、

「美濃屋《みのや》を知っているね」

と言った。

「門人だと言えば安く分けてもらえるはずだ、ついでのときにわたしからも話しておこう」

「ありがとうございます」

明世は言ったが、美濃屋は薄紙一枚を買いに入るには大きすぎる紙問屋であった。実家の末高でも紙は美濃屋と決めていて、よく御用聞きが来ていたから、店のものは彼女を覚えているかもしれなかった。だが、それだけに気後れがしたのである。まさか末高さまのお嬢さまでは、と口を開けられて困るのは彼女のほうであった。それでも葦秋

に言われると、何も臆することはないのだと思った。画家の弟子として一枚の紙を買うのに何の遠慮がいるだろうか。

思いつめた顔で口を結んでいると、

「珍しいものを見せよう」

葦秋は不意に立ってゆき、次の間から一冊の画帖を持ってきた。紺色の表紙をつけて大和綴じにしたもので、外題《げだい》は「天保」とある。明世が何か分からずに眺めていると、開けてごらん、と彼は微笑みながらすすめた。

慎重に表紙を開くと、現われたのは素描に淡彩を施した少年の顔であった。下には彼の名前らしく、源太と書かれている。次の絵には信次郎、三枚目には安吉とあり、捲《めく》るうちに明世は自分の名を見つけて、じっと目を凝らした。それは入門したときに葦秋が描いた十四歳の彼女で、まだあどけなさを残した目の光や艶々《つやつや》とした顔色がよく写されていた。表情には娘の恥じらいと意気込みが浮かんでいる。懐かしいものが胸を騒がすのを感じながら、彼女は不思議な思いで見入っていた。

あれから失ったのは若さだけではなかった。一途な情熱を宿した目の輝き、仕来りに負けまいとする意気込み、いまとは違うものと彼女は戦っていた。葦秋に見つめられて恥じらいながらも、堅く結んだ口には闘志が漲《みなぎ》っている。自由に憧れ、束縛に立ち向かう気持ちがあったから輝いていた。

「どうかね、若い自分を見るというのは」

「いまの自分が恥ずかしくなります」

彼女は上気した顔で答えた。

「絵にはこういう楽しみ方もある、二度と見られないはずのものを見て、その人が何かを感じてくれれば無駄ではない」

「はい」

「絵というものの、ひとつの在り方だろう」

明世は素直にうなずきながら、さすがだと思った。ひとつの事に精神を燃やしてきた男と、暮らしに埋もれそうな女の違いだろうか。彼のように絵の意味まで深く考えたことはなかった。煩わしい日常と馴れ合わずにきたつもりでも、いつの間にか引きずり込まれてしまうのが現実であった。

弟子を写生した画帖には小川陽次郎と平吉も載っていて、そこへ行き当たると、明世は懐かしさに口元をほころばせた。二人は彼女が知る前の若さで描かれていて、平吉は変わらないが、陽次郎はいかにも腕白そうな顔をしている。彼らを見ると目の前が明るくなった。

「ところで、これから何を描きたい」

熱心に眺めていた明世へ、葦秋はむかし彼女が入門するときに訊ねたことを繰り返した。

「いまは竹をよく描きます、どうしてか手の切れそうな鋭い葉が好きです」

「それなら指墨《しぼく》をするといいだろう、今日は暇がないから、次に来るときに教えよう」

言われて、明世は長居をしていることに気付いた。指墨の意味も分からないまま、彼女は冷めた茶をいただいて辞去した。葦秋に会えて再度入門を許されただけでも幸運であったし、思いのほか寛《くつろ》いだことも確かだった。急に未来が開けた気がするのは、出かけてきた朝が暗すぎたせいかもしれなかったが、そのまま絶望の淵に沈むことにはならなかった。そこでは無条件に理解される情熱と苦しみ、小さな画室に溢れる自由の匂いを明世は掛け替えのないものとして受けとめた。

妻女の寧《ねい》に見送られて有休舎を出るとき、彼女はしみじみと、ひとりの貧しい画家に嫁した女の幸運を思わずにはいられなかった。

暖かな堤に立つと、ぽつぽつと葦秋の弟子らしい子供たちの来るのが見えて、遠いむかしの自分を眺めるようであった。彼らもまた南画に夢を託し、しばらくは帰る道をともにするのだろうか。明世はひとりで来た道を戻りはじめた。葦秋に会って暗く沈んでいた気持ちは救われたが、家へ帰るのは気が重かった。そでは陰険な顔で待ち受けているだろうし、有休舎へ行ったとも言えない。どこかで彼女の好物でも買って帰るのが無難であった。

ひとりで眺める川は余計に広々としてすがすがしいが、一方ではあてどない気持ちにつながるのも仕方がなかった。陽が濃くなると、川面は光を弾き、ところどころで白く見えている。

前方から十二、三歳の少年が近付いてきて、すれ違うとき、明世に向けて会釈をした。巻軸を小脇に抱え、きりりとした顔をしている。持参した絵に自信があるのか、有休舎へ通うこと自体が楽しみなのだろう。溌溂《はつらつ》として礼儀正しい姿に、明世は時代にかかわらず繰り返される人の営みを見る思いがした。

彼女が有休舎へ通っていた天保十四年から弘化年間にかけて、世の中は総じていまよりも平穏であった。もっとも少女の知る世の中は八万石の城下にすぎず、そう見えていたのかもしれない。そこでは永遠に何も変わらない気さえした。娘の限られた視野に全景をおさめるのは土台無理であった。隣国のことすら知らなかった明世が、そのころ諸国に異国船が頻繁に来航していたと知るのは後年のことである。それまで鎖国を意識したことはなかった。父の八百里にしても、どこまで諸国の情勢に通じていたか知れず、毎日何事もなく城から下がり、家で寛ぐようすからは、困難な時代の到来を予測するのはむずかしかった。

「平穏を退屈と思うな、無事ほど得難いものはない」

機嫌のよいとき、八百里はよく口にしたが、そのために何をするというのでもなかった。得難いはずの無事はそこにあるもので、ありがたく身を浸せばそれでよかった。同じ理屈で娘の結婚も決めてしまった。無事ほど壊れやすいものもないことを彼は知ったであろうか。

早々と明世の夫が病没した年、米国の東インド艦隊司令長官ペリーが浦賀に来航して開国を要求、事実上鎖国は終わりを告げたのである。情熱を軽んじ、無事に固執した父が、その後の混沌とした時代を生きたのは惰性だったかもしれない。

姑と子を連れて天神町へ越してから、明世が実家へ足を向けるのはまれであった。父の援助を辞退しながら里帰りするのは、せいぜい年に一度、父母に孫の顔を見せるためである。義絶したわけではないが、双方に凝《しこ》りが残り、ぎくしゃくとした関係が続いた。八百里も意識してか、天神町の家に顔を出すことはなかった。ときおり母のいせが訪ねてくることがあっても、そでと話が合うはずがなく、帰りしなに順之助の手にお捻《ひね》りを握らせるのが目的であった。女子の幸福を説いた父や母が娘の不幸を見るのは、彼ら自身の不幸でもあったが、仮に娘が画家になっていたとしても、それはそれで悔やんだに違いない。

男たちが次々と死んで零落した馬島家を見てきたせいか、八百里は自身の隠居は考えなかったらしい。隠居後に帰一の身に何か起これば、末高も馬島家の二の舞である。彼は一家の存続を第一に考えていたし、その意味では立派な当主であったが、自分の娘のことですら変化を望まなかった人が、世の中の急激な変化を見るのは苦痛でしかなかっただろう。

当然のことだが、海を持たない藩も異国の脅威と無縁ではいられなかった。いまから五年前の万延元年には、朝廷の勅許を待たずに米国と通商条約を結び、攘夷《じょうい》派を弾圧した大老・井伊直弼《いいなおすけ》が水戸の浪士によって暗殺されている。外圧を機に僅か十数年の間に幕府の権威は傾き、かわりに朝廷の内勅が諸藩を動かす時代であった。

八百里は他の上士とともに幕府を支持する立場をとったが、それも保身のためと思われた。万が一幕府が倒れるようなことになれば藩も無事には済まないと危惧したのは、藩主と上士たちで、身分の低いものたちは尊王に流れた。八百里は相手が誰であれ対立を嫌う人であったから、すべてが元の鞘《さや》に納まることを望んでいたらしい。

けれども、外夷掃攘《がいいそうじょう》を命ずる朝廷と、朝廷に攘夷を約束しながら外国との武力衝突を回避しようとする幕府のどちらに従うかは藩の存亡にも関るために、藩内にも尊王派と佐幕派、あるいは攘夷派と開国派が生まれて抗争が起きたのである。大番頭である八百里は常に藩主と城の警固を考えなければならなかったが、配下を統率するのさえむずかしくなり、気苦労が絶えなかった。まれに明世が顔を見せるとき、彼は平静を装い、帰一を交えて談笑したが、その顔に往年の自信は少しも見られなかった。

時代が八百里の望まない方向へ向かっていることは確かだったが、

事態に明るい人でさえ一年後の情勢を言い当てるのは不可能に等しかった。

その後、宮中に政変が起こり、尊攘派が京から一掃されて公武和合がなると、翌年には朝命に従い攘夷を実行した萩藩《はぎはん》を、今度は勅命により幕府が征討している。それまで宮中尊攘派が朝廷の意思を左右していたらしい、と弟の帰一から聞いても、明世にはまるで筋の分からない話だった。

「長州は朝廷と幕府と異国に睨まれてしまった」

「父上が聞いたら何とおっしゃるでしょうね」

彼女は帰一と顔を見合わせた。

京で政変の起きた文久三年、藩では幕命により神奈川へ出兵したが、同じころ九州では鹿児島藩がイギリス艦隊と交戦していた。生麦《なまむぎ》事件が発端とはいえ、攘夷の朝命がありながら一藩と一国の局地戦であった。心労が過ぎたのか八百里は神奈川から帰国した途端に病臥《びょうが》して、呆気《あっけ》なく他界してしまった。六十年の生涯であった。末期《まつご》とは思わずに見舞った娘へ、そのとき彼は意外な言葉を遺した。

「もうおのれを恃《たの》むしかない、好きにしなさい」

明世は驚きながらうなずいたが、彼の目に娘の戸惑いが見えたかどうか。あれが父の詫びでもあったろうかと、彼女は最後の最後になって和解した日を思い浮かべた。それから二年が過ぎたものの、明世には世の中も男たちの考えることも分からない。順之助との語らいを除けば、憩うことのない家庭と嫁の責任があるだけだった。

「好きにしなさい」

父は確かにそう言ったが、馬島という家を背負ってしまった女が、いまさら好きにはできないのだった。女の身で複雑な国情や藩内の情勢を知ろうとするのも、彼女のほかに導く人のいない馬島のためであった。

小さな吐息をつくと、明世は静かな川面を眺めながら歩いた。葦秋の弟子たちは通り過ぎて、見える人影はまた彼女ひとりになっていた。水の流れは重く、彼女の足取りのようにゆったりとしている。葦秋に会って自由の欠けらは取り戻した気がしたが、どこへ向かうとも知れない小舟に揺られるような心許ない気持ちだった。彼女は振り向いて、まだ弟子たちがいまいかと道を眺めた。尊王だ攘夷だと物々しい声が聞こえてくる中で、自分ひとりを恃み、心の自由を求める少年たちの姿は、ほかでもない彼女自身の写し絵であった。

八年を暮らした天神町の家は狭いうえに、藩から宛てがわれたときから傷んでいたので、年毎に古びてひどくなる一方であった。雨漏りがするので屋根だけは修繕したが、形ばかりの縁側や庇《ひさし》は歪んだままである。できる限り清潔にして風を通すものの、梅雨になると、どこからともなく饐《す》えた臭《にお》いがした。

土間の土が悪いと言って台所に近付かなくなってから、そでは洗顔のために外で井戸を遣う以外は水にも触れなかった。茶が欲しいときも、薬を飲むときも、いちいち明世を使う。自ずと足腰が弱くなり、なおさら動かなくなった。その分だけ早く老い込み、やがて痛風《つうふう》にかかると、そでは思うようにならない自身の体にも腹を立てた。夫と死別してから六十三歳になる今日まで、彼女を支えてきたのは馬島家が旧に復す日の希望ではなく、粗末な家や落ちた身分、亡夫や嫁に対する不満かと思われた。

その家へ越してきたとき、明世は順之助が元服するまでの仮住まいだと思うようにしたが、住み馴れてしまうと狭さ古さは案外に気にならなかった。縁先の庭とも言えない小さな庭に風情があって、貧しい画家の住まいにも似た気がしたのである。地続きの空地との境には竹が涼しげに伸びていたが、花のない淋しさから古い籬《まがき》に八重山吹《やえやまぶき》を絡ませると、晩春から初夏にかけて黄金色の花が群れるのは家が暗いだけに鮮やかであった。

「無駄なことをする」

そでは言ったが、花が咲くとよく眺めた。明世は歪んだ縁側に道具を並べて絵を描くわけにもゆかず、そこでは写生だけをした。そでが近付かなくなった台所の片隅が彼女の画室であった。そでと順之助に一間ずつ座敷を与えると、明世は茶の間に寝起きするしかなくなり、そこで絵を描こうにも姑の目と口が邪魔をしたからである。そでは零落《おちぶ》れても絵を描く嫁の気持ちが分からず、心まで貧しくはなりたくないから描くのだと言っても真《ま》に受けなかった。

「売れたところで墨代にもならないだろうに……」

「墨は書画を書くためにあるものです」

「その理屈で刀を使ったら大変なことになりますよ、それでなくても物騒なご時世ですからね」

言うだけ言うと、そでの口は縁側のように曲げられたまま露骨な溜息をつく。明世はうつむきながら、嫁に皮肉を言うことでしか気分の晴れないらしい老女の胸中を推し量るしかなかった。

そでに掻き乱された気持ちの持って行き場がなくなるか、絵の思案にゆきづまるかすると、彼女はふらりと外へ出た。家の前の通りは広く、そでといる家の中よりも静かであった。向かいは角に地福院という寺があるだけで、長い空地になっている。その向こうはもう町屋であった。空地には天神町の住人が畑を作り、細々と青菜や茄子《なす》を育てていたから、あとから越してきた馬島家も彼らの知恵に倣った。

それぞれの畑には目印があって、細い布を巻いた粗朶《そだ》を刺してある。他家では次男三男が働き手であったが、馬島では明世が鍬《くわ》を振るった。身過ぎということを知らずにきた女が見様見真似でする野良仕事はきつかったが、いまでは畑に立つと気が休まる。いっとき畑の世話をして戻ると、

「馬島も堕ちるところへ堕ちたもんだ」

そでは小言を言った。

「武家が百姓の真似をして、どうする」

「ここでは、どの家もしていることです」

「よそはよそ、馬島がすることはない」

彼女はきっぱりと言い、言葉よりも陰険な目で威嚇した。実のない家名にこだわり、家名を汚すことを憎んだが、一家が暮らしてゆくことは別であった。食べる心配をしない老女に従うわけにもゆかず、明世は目を伏せて小声で言い返した。

「しなくても済むのであれば、いたしません」

「どうしていますぐやめない」

女二人の口論に出会うと、順之助はそれとなく明世に味方した。

「いまは仕方がありません、そうして食べてゆけるのですし、おばあさまも茄子は好物でしょう」

十四歳になる彼は畑に水も撒くし、収穫の手伝いもする。教えもしないのに嫁として馬島家に残った母親の苦労も理解しているようであった。そでは孫には優しい口をきき、彼の言葉にはよく耳を傾けた。孫は死んだ息子に似ていて、彼女の宝であった。

祖母と母の不仲の原因を順之助はゆとりのない暮らしにあると見ていて、早くから出仕することを考えていたようである。彼は六歳まで暮らした屋敷を覚えていたが、それよりも長い将来があるから、そでのように過去にはこだわらなかった。来年には元服して馬島の当主となることをすでに意識しているのだろう。家禄が元に戻れば暮らしも変わるだろうし、明世の苦労も少しは報われるところまできていた。

彼女はそでに話して、来春に予定している順之助の元服式の烏帽子《えぼし》親《おや》を弟の帰一に頼むことにしていた。そでは付き合いもない嫁の実家に頼むのは気がすすまないと言ったが、ほかに当てもなかったのである。そもそも末高と馬島が疎遠になったのは、明世の夫が急死したあとの彼女の身の振り方について馬島が一方的に無理を通したからである。明世と実父母との間にも結婚を巡る凝りがあったが、それから十分すぎる歳月がゆき、八百里も不帰の客となったいまは、こだわる意味も見当たらなかった。

そでほどではないものの、母も老いに差しかかり、あとのことを案じはじめたようである。いせにすれば、いろいろあった娘のことが気がかりだろうし、不憫《ふびん》な孫の行く末も気になるらしい。帰一は早々と父親に追いつき、大番頭に昇っていたし、跡継ぎにも恵まれ、末高は安泰であった。

当人は出仕して留守のはずだが、形ばかりのことなので母に話しておけば引き受けてくれるに違いない。思い立つと、先にのばすほうが面倒な気がした。弟が烏帽子親なら気が楽なこともあるが、早く決めておきたいと思うのは、ほかに当てのない不安からであった。

初夏の一日、順之助を藩校へ送り出すと、彼女は身支度をして白壁町へ向かった。烏帽子親の件とは別に、順之助が元服したあと、どうすれば家禄が元に戻るのかも聞いておきたい。そういう内輪のことは、やはり血のつながりが頼りだった。

晴れて乾いた道を歩いてゆくと、地福院の杜《もり》の高木に陽が戯れているのが見える。明世はふと木の葉と光の遊戯をどうして描けるだろうかと思ったが、葦秋と再会してから一枚の絵も仕上げていないことに気付いて溜息をついた。あれから描こうと考えていた山吹も散ってしまい、庭は閑散としている。人の絵を模写するよりはましだが、家にいる限り、また竹を描くしかないのだった。

「いまは竹をよく描きます」

葦秋にはそう言ったが、本当は水辺の花や山路に咲くであろう花を描きたかった。それこそ花譜を作るのもいいだろう。せめて一日《いっ》に一刻《とき》、どこかへ出かけ、何もかも忘れて絵を描いてみたいと思う。それくらいのことが一家を支えてきた嫁になぜ許されないものか。馬島へ嫁さず、あのまま絵の道をすすんでいたら、どうなっていただろうかと、十八年も経ってから思うのは馬鹿げているが、このまま何もはじめなければ次の十八年が繰り返されるだけであった。

天神町からは武家の町を三つ越えれば白壁町である。彼女は町屋へ寄り道をして、手土産にする菓子折をもとめた。ありふれた田舎おこしで見栄《みば》えもしないが、手ぶらで訪ねるよりはましであった。古い着物は隠しようがないし、とうにこちらの不如意は知れている。粗末な手土産を見て肉親に同情されるのは厭だが、礼儀を忘れたと思われるのはなおさら厭であった。

片町《かたまち》の大通りから白壁町へ折れると、道には天神町とは比べものにならない広い屋敷が並び、立派な門構えと土塀が続いている。明世にはそれでなくても眩しいところへ、漆喰《しっくい》の白壁が陽を弾いて目映《まば》ゆいほどであった。顔見知りの門番に名を告げると、彼女は小門をくぐり、広々として美しい前庭を歩いていった。

見るからに松の葉が生き生きとしていて、濃い匂いの中を歩いてい

ると、玄関に人が現われ、明世に気付いたのは女中のしげのようであった。彼女は式台の隅に正座して待ちながら、

「お嬢さま」

と三十六にもなる人を出迎えた。

「久し振りね、いつ戻ったの」

明世もしみじみと彼女の顔を眺めた。しげはもう四十をいくつか過ぎたはずで、五、六年前に縁談が起きて小さな商家へ嫁いだものの、先妻の子供たちと折り合いが悪く、結局は離縁されて末高へ戻ってきたのである。心の通わない他人と無理に折り合いをつけて暮らすことに、どれほどの意味があるだろうか。しばらく前に母からしげが離縁になりそうだと聞いたとき、明世はしげを羨ましく思った。そのしげ

にお嬢さまと呼ばれても、照れくさいだけで末高の娘には戻れない。

「いまでも絵をお描きになられますか」

「ええ、ときおり」

「懐かしいですねえ」

しげは言い、極《きま》りが悪そうに母の部屋まで明世を案内した。実の娘が戻れない家に、女中のしげが戻り、彼女を出迎えたのは皮肉だった。

いせは部屋にいて、娘の挨拶を聞くと、今日はひとりかと訊ねた。

順之助の顔を見たかったのだろう、うなずいた明世へ、そう、と気の抜けた声を返した。夫という留め金が抜けてから、心なしかいせも感情の揺らぎを隠せなくなっていた。

「順之助のことでお願いに上がりました」

明世が告げると、いせはしかし、顔色をよくして元服のことと察したようであった。

しげが知らせたのだろう、彼女が茶を出して下がると、すぐに帰一の妻が子を連れて挨拶にきたので、明世も母との話は措《お》いて無沙汰の挨拶をした。

「会うたびに大きくなるわね」

七歳の男の子を話題にするのは、その家を出た女と嫁いできた女にとって最も無難だからであった。弟嫁《おとよめ》のまきはおとなしく、いせの言いなりになっているが、ともに暮らしてみなければ本当のところは分からない。明世にはおとなしさの裏に何か固い芯のある人に見えていたが、印象ほど当てにならないものもないのだった。

「そろそろ剣術の稽古をはじめるころでしょう」

「はい、片町の教武場に通うことになっております、旦那さまは、剣術もいいが追々《おいおい》西洋流の砲術を学ぶようにと申されております」

「七歳から砲術ですか」

「そういう時勢だそうでございます」

「それはそうでしょうけど……」

明世は順之助がすすんで砲術の調練に参加していることを思ったが、砲術と聞くだけで恐ろしい気がして、そのことには触れなかった。

お茶を飲む間の短い沈黙のあと、

「伯母さまと大切なお話がありますから、お部屋へお戻りなさい」

いせが孫に向かって言うと、彼は、はい、と答えて母親のまきとともに下がっていった。
「聞き分けのよさは帰一に似たようですね」
「あなたに比べると、二人とも物足りない気がするときがあります
よ」
「もしや、誉めていただいたのでしょうか」
いせはそれには答えず、ところで、さきほどの話ですが、と話を順
之助の元服式に戻した。
「帰一よりは、あなたたちの叔父にお願いするのが筋かと思います
が、他国から来ていただくのはむつかしいでしょうね」
明世は聞きながら残りの茶をすすった。いまは主鈴《しゅれい》という八百里の
弟が隣国の親類へ婿養子に出たのは二十歳のときで、やはり末高とい

う家の当主になっている。明世には親しみの薄い人で、そういう叔父がいることも忘れていたが、いせは身内に烏帽子親を頼むのであれば彼が最も適任だろうと話した。

「いまではご中老に昇られ、末高の出世頭です」

「ですが、あまり大袈裟になるのは困ります」

明世は正直に言った。

「叔父さまにとっては縁のない、馬島の子の元服でございますから」

「縁のないことがありますか」

いせは目をきつくして、どこでどうなろうと娘は娘、姪は姪ですよ、と言った。娘に幸福を約束しながら苦労を背負わせてしまった親のこだわりに聞こえたが、いまの明世には息子の元服式が身分相応にできればよいことであった。いせに順之助のためだと固く思い込まれても困るし、今日まで付き合いのなかった叔父に迷惑をかけたくもない。もっとも一藩の中老が易々《やすやす》と出かけてこられるとも思えず、そう案ずることはないのかもしれなかった。おそらくは一生、他国に暮らす叔父に会うことはあるまいと思いながら、彼女は少し痩せた母の顔を眺めた。

「三十石の家の子にご中老の烏帽子親では釣り合いがとれませんし」

「ともかく、わたくしから知らせるだけは知らせておきます、先方のご都合が悪ければ、そのときは帰一でかまいません」

いせは言って、その話は打ち切りにした。意外な成りゆきに明世は戸惑ったものの、それで母の気が済むのであれば仕方がないと思った。

元服後の家禄云々については、帰一に会ってじかに訊ねたほうがよさそうであった。

用事を終えてから立つまでの母とのぎこちないひととき、明世は障子の開け放たれた部屋から裏庭を眺めた。綺麗に刈り込まれた霧島《きりしま》は終わり、いまは奥にある一対の藤棚から藤房《ふじふさ》が垂れている。遠目には水色のようにも見える花は微かに揺れていて、さらさらと音の聞こえるようであった。

「しげが戻りましたね」

何気なく口にして目を戻すと、いせはぽつねんとして座っていたが、娘の声には敏感に応じた。

「あれにも可哀想なことをしましたよ、歳が歳でしたから後添いにと請われて送り出したときには本人よりもほっとしたものです、それが先方でも女中のように扱われて……商家ですから嫁が働くのは仕方がないとしても、夫という人のいたわりがね、まったくなかったそうです」

「家柄で人は分かりませんから」

「よかれと思うのも、その人の思い上がりかしらね」

いせは自分の悔いを言葉にすると、

「天神町の家も長くなりましたね」

そう言って溜息をついた。

もう暮らすことのない家だからか、生まれ育った家がいまは窮屈に感じられて、屋敷を出ると明世はほっとした。末高にいると、うらぶれた姿が際立つせいかもしれない。母の前で自分を卑下しないためにも気力がいったから、別れの挨拶をして門を出るまで気が抜けなかった。これで父が生きていたら、どうなることかと思う。

片町の大通りへ出ると、彼女は天神町とは逆の方角へ歩いていった。通りには微風《そよかぜ》が立ち、いくらか涼しくなっている。足は思ひ川へ向かっていたが、有休舎までゆくつもりはなかった。この次葦秋に会うときは、未熟な絵を持参して批評してもらわなければならない。そう思いながら一枚の絵を描こうにも気持ちが奮《ふる》わないままであった。

家にいても実家にきても落ち着かない気持ちをどうにかしなければ、絵にも集中できない。矢立てと紙さえあれば描けたのはむかしのことで、暮らしに振り回されて生きるうちに澱《おり》のようなものが胸に溜まってしまった。世過ぎのために情熱を押し込めてきた人間と、情熱があるから貧しさを苦にしない人間の違いだろうか、葦秋に迷いは感じられない。そう考えてみると、闇雲《やみくも》に絵筆をとるより澱《よど》んだ胸の底を浚《さら》うほうが先決であった。

けれども実際に何をどうすればよいのか分からない。もう一度、川の堤で考えてみようかと思いながら、母の部屋から裏庭を見ていたとき、ちらりと娘のころが思い出されて、彼女は思わずしげの名を口にしたのだった。しげと堤を歩いたころの純粋な気持ちが、いまでは他人のもののように感じられる。取り戻すには、思い切って何かを変えなければならないだろう。

思ひ川の堤に立つと、果たして気の引きしまる気がした。ゆったりとした川の流れも、そこから土手を這い上がる風も、遠い記憶の淵から現われるから、気持ちの若返る気がする。静かな川面に見えてくるのは、まだ世間も知らないかわり、蹉跌《さてつ》も知らなかった奔放な娘の姿であった。

しばらくして、明世は川面から、ぽつぽつと小さな人影の揺れる堤の道へ目を移した。人影は葦秋の弟子たちだろう。立ち止まっている のは彼女ひとりで、そこにそうしていると、ぐずぐず考えることはないのだという気もする。自由になり切れないのは失った月日を引きずっているからで、

「懐かしいですねえ」

と言ったしげのほうがよほど逞しく、割り切りが早いのかもしれな

かった。

その日、家へ戻ると、明世はそでに一通りの報告をしてから、それまでに描きためた絵の整理をはじめた。葦秋に見てもらうのは新しい絵でなければならない、そう思いつめていたから、未練の湧かないものは捨ててしまうつもりだった。

台所の隅で行李《こうり》を開けてひとつひとつ眺めていると、予想した通り不出来な習作の多さに失望した。そのときは精神を磨ぎ澄まして描いたつもりでも、改めて見ると、荒《すさ》んだ心が筆に移っていたのである。飽きるほど描いた竹はどれも精彩がなく、山吹や朝顔の花は乱れて暗く沈んでいた。

家に閉じ籠っていては描けない。やがて見るのもつらくなって次々と絵を破りながら、彼女はせめて日に一刻を自分ひとりのために使うことを決めると、夕餉のあと、思い切ってそでに告げた。

「それで、何をしなさる」

そでは順之助とともに黙って聞いていたが、明世の話が終わると分かり切ったことを訊ねた。

「まさか、絵を描くつもりじゃないだろうね」

「いけませんか」

「女子はまず家のことをするものですよ、家の中がきちんとしなければ、いいも悪いもないのです」

「決して家政をおろそかにするつもりはございません、順之助が一人前になるまでは父親の代わりもしなければなりませんし」

「それでも林左衛門や蔀が生きていたら、許さないでしょうね、まず林左衛門は無駄が嫌いでしたから……」

そでは言い、不意に恰好の餌食でも見つけたように目を光らせた。

明世はぞっとした。

「絵はおろか、あの人はわたくしに手紙も書かせませんでしたよ、下手な筆でだらだらと書くから紙も墨も無駄にする、と言ってね、江戸詰になっても便りひとつ寄越しませんでしたね」

国許の妻子を案ずるどころか、帰国するなり粗《あら》を探して怒鳴り散らしたものだと、そでは亡夫への憎しみを露《あらわ》にした。

「付け届けの覚え書きもできんのか」

林左衛門の口を真似、小さな目を吊り上げて唇を歪めると、あとはもう鬼のような形相で一気に話し続ける。一度そうなると誰にも止めることはできない。話は業腹《ごうはら》の赴くままに逸れてゆき、あるときふっと我に返るまで明世も順之助も押し黙っているしかなかった。口にしてもはじまらないことを掘り返すとき、そでは持病の痛みも忘れて、いつよりも生き生きとした。

「口答えでもしようものなら何をされたか」

そでは延々と捲くし立てた。よくも悪くも家に生き、夫に仕えてきた女の証言であったが、仮にも一家の柱として恃んだ人を孫の前で誹謗することに意味があるとも思えなかった。

いつ果てるとも知れない祖母の悪態に疲れて、

「母上のなさりたいようになさればいい」

順之助がそう囁いて立ってゆくと、明世は取り残されて、聞きたくもないそでの一人芝居を聞きながら自分の業腹を宥《なだ》めるしかなかった。膝に目を落として堪《た》えながら、彼女はしかし、自分が亡夫に対してそでのような憎しみのないことを思ってほっとした。十二年前に死別した蔀を思い出すとき、彼は十二歳若いままであったし、夫婦の歳月も長くはなかったので、彼女の人生を変えたとも思えなかった。変えたといえば林左衛門やそでであって、明世は目の前にいる亡霊に取り憑かれたような老女の怨念が、いつの日かそのまま彼女に対する自分の怨念にならないことを祈った。

翌朝、順之助のいるところで前夜の話を繰り返すと、そでは仕方がないという顔をした。ところが、午後になって明世が出かける支度をしていると、珍しく台所へやってきたのである。

「出かけるのですか」

白々しい問いかけに、明世は矢立てと綴じ紙を持ったまま答えた。

「一刻だけ留守にいたします」

「留守中、万一のことがあったらどうするつもりですか、そもそも誰が許しましたか」

そでは棘《とげ》のある言い方をした。明世は太い刃物でも突きつけられた気がしたが、ようやく絵に没頭できる喜びを、またぞろ姑との折り合いのために捨てるわけにはゆかなかった。

「申しわけございませんが……」

彼女は言って土間へ下りた。そでは痛風の足を引きずりながら近寄り、追い討ちをかけた。

「いいご身分だこと」

「十八年も待ちましたから」

「病人を見捨てるのですか」

「行ってまいります」

立て切るように言って明世は勝手口を出た。途端に湯呑の割れるような音が聞こえてきたが、夢中で通りへ出ると、見えるのは長閑《のどか》な初夏の昼下がりであった。真向かいの畑に人がいてこちらを見ている。引き攣《つ》った顔に笑みを浮かべて辞儀をすると、彼女は唇を震わせながら歩いていった。

天神町の通りを北へ歩いてゆくと武家地はじきに尽きて、道は寺の杜《もり》と蔵地《くらち》の間を幾度か折れながら野畑へ向かってゆく。ちょうど寺の裏手にあたるせいか、杜は整然と土蔵の並ぶ蔵地とは対照的に鬱蒼《うっそう》として道に暗い影を落としている。広い杜が切れると、あたりは見渡すかぎり菜畑であった。

不断草《ふだんそう》だろうか、青く澄み切った空の下一面に緑の夏菜が群れている。杜に沿って歩くうちに日陰に馴れた目には、まるで画帖をめくり、秋から夏の絵に出会うようであった。杜から垣を越えて伸びている梢の下から見ると空の色が鮮烈で、町中で見るそれと同じものとも思えない。夏菜の青さや土の黒さ、物の色が濃く映るのも、空が視線よりも低いところからはじまるからだろうか。

木蔦《きづた》の絡まる梢の末に低い菜畑の広がる絵を見せると、葦秋はしばらく眺めてから、没骨《もっこつ》の好みは変わらないらしい、と言った。弟子たちの帰ったあとの画室には、まだ力強い陽が葦戸《よしど》から射している。微かに川風の匂う座敷に、二人は明世の絵を挟んで向かい合っていた。妻女の寧は明世を出迎えると買物に出かけてしまい、師と二人きりのときを持てたのは幸運であった。

「この絵は日の光を感じさせる、空に賛《さん》を入れると落ち着くが、このままでも悪くはない」

「お言葉ですが、画賛はあまり好みません」

「それも変わらないね」

「何も分かりもしないのに強情なのです」

明世は言ったが、葦秋の前では不思議と素直になれて、無垢な娘に還る気がした。一枚の絵を通してお互いの心を汲み取ろうとするからか、精神は張りつめているのに安らぎを感じる。彼は微かに笑いながら絵に目を戻すと、静かな気取らない口調で話した。

「ここは蔵地のほうの畑だね、ゆったりとした土地や遠い松林の感じがそうだ」

「写生は徳星寺の寺裏《てらうら》でいたしました」

「なるほど、しかし、どこにでもあるような眺めが却って清新でおもしろい」

日に焼けて少し痩せたらしい葦秋の顔と自作を見比べながら、明世はほっと胸を撫で下ろした。

「もう夏菜はだいぶ伸びたろうね」

「はい、摘み切れないようです」

「わたしも庭に作るが、うっかりすると三尺も伸びてしまう」

葦秋は顔を上げると、弟子も知らぬ間に大きくなっているから驚かされる、と続けた。彼には珍しい世辞であったが、明世は却って身の縮む思いがした。夫を亡くしてからのいっそう窮屈な暮らしの中で、いつ途絶えてもおかしくはないほど細々と続けてきた絵だった。しかもそうして描いた絵を気に入ることは少なく、手法が巧みになったとも思えない。知らぬ間に上達したとすれば、些細なことにも揺れるようになった心のせいかもしれず、そうであれば身過ぎのお蔭かと思った。

「わたくしには自分のことすらよく分かりませんが、月の満ち欠けのようなものでしょうか、あるときは心がはち切れそうに膨らみ、またすぐに欠けてゆきます」

「憂鬱《ゆううつ》な日は、憂鬱を描けばいい」

言葉のように、葦秋は泰然としている。生き方を迷わない人の強さだろう。むかしから弟子の暮らしに立ち入ることのない人であったが、それでいておよそのことは察している人でもあった。暮らしによって明世は変わったが、葦秋は変わらない。歳を重ねるほどに落ち着き、すべてに恬淡《てんたん》としている。才能がありながら地元に名を知られるばかりで貧しいままだが、少しも暮らしに引きずられることがない。それが、うらやましい。

「憂鬱を描くと絵も沈みます、あとで見ると、つらくて何枚も反故にしました」

「描くうちにそれも変わってゆく、人も絵も同じではいられない」

「そうでしょうか」

「続けることだ」

彼は言い切ると、自ら明世の絵を巻軸に巻いていった。

「ところで、竹の絵がないようだが……」

「あまりに未熟で、お見せできるものがございません」

明世は描きためた竹の絵をほとんど破り捨てたことを話した。師の前で改めて口にすると、何年も無駄にしてきたのだと悔やまれたが、

葦秋は聞き咎《とが》めるようすもなかった。それどころか、

「竹はむつかしい、ひとついい手本があるから見せよう、そこの巻軸を掛けてごらん」

と彼の言葉は優しかった。

立ち上がって巻軸を掛けると、明世は壁から少し離れて座った。軸は小幅で縦に長く、現われたのは紺紙《こんし》に白緑《びやくろく》で描かれた竹であった。竿は右から左上方へ斜めによぎり、左手に葉が重なり合っている。そこから右下へ向けて細い枝が垂れ下がり、その先端にも葉が重なっている。それだけの絵だが、筆にはまったく淀みがなく、冴え冴えとしているのだった。

あまりの鋭さに、明世は引き込まれ、突き放される気がした。紺紙

と白緑と落款の朱色がお互いを引き立てて、見事に調和している。何よりも葉が凛として、彼女の描《えが》いてきた竹とは雲泥の開きがあった。

「どうだね」

葦秋が訊いたが、とてもひとことでは答えられない。彼の筆に圧倒されて、遥かに及び難い距離を感じてしまうと、何を言っても世辞になるようで言葉が浮かばなかった。

「目の覚めるようです」

息を整えてからそう言うのが精一杯であった。

彼女がじっと見入るそばで、葦秋はそれが柳沢淇園《やなぎさわきえん》の「彩竹図」を模写したものだと告げた。彼自身、墨竹は淇園の作品に私淑《ししゅく》して多くを学んだという。淇園の竹に強く魅かれたのは、優れた感性と技法のせいであった。

「これが指墨《しぼく》といって筆のかわりに指で描く、小指の爪に墨を含ませてね」

「とてもわたくしには……」

「没骨も指墨もためらってはいけない、失敗を恐れてためらうと、それが失敗につながる」

まだ時はあるか、と彼は訊ね、うなずいた明世へ、指墨をしてみせるから墨をするようにと命じた。憚《はばか》る暇はなかった。彼女が墨をするのを、葦秋は毛氈に紙を広げて待っている。彼がじかに教えることは滅多になく、普段は言葉少なに欠点を指摘するだけであった。墨の匂いを嗅ぐうち、明世は娘のように胸が高鳴るのを感じた。

「では、はじめよう」

言うが早いか、葦秋は小指に墨をつけると一気に竿と枝を描いていった。ためらいはなく、鮮やかに節から節へと描《えが》かれてゆく。葉はさらに素早く、描き上げたのはあっという間であった。

「描く前に図を思い浮かべたら、迷わずに描き切ることだ、いくらか爪を伸ばすといい」

明世はうなずいたものの、目はしばらく見開いたままであった。

衝動が言葉にならない、空白の間が、最も充足されるときでもあった。無くなりかけた米を得るよりも、たしかに生きてゆける気がする。そういう瑞々《みずみず》しい力をくれるものが、絵のほかにあるだろうか。優れた絵に心を打たれる喜び、白紙と対峙するときめき、そこに何が生まれてくるか知れない期待と不安……情熱のすべてをそそぎ込んでも惜しくはないと思う。

汗ばんだ肌に川風を感じて目を上げると、濃い日差しが壁にまで伸びていて、外は日が傾きかけているようだった。急にもうひとりの自分を思い出して、帰らなければならないと思うと、気持ちはみるみる萎《な》えていった。

暇《いとま》を告げようと思いながら、彼女の目は壁の彩竹図を見ている。鮮やかな竹はもう十分に目に焼き付いていたが、いくら見つめても飽き足りない気持ちだった。やがて諦めとも嘆きともつかない翳《かげ》りを浮かべた顔に、葦秋は静かな視線をとめて、その絵を持ってお帰り、と言った。

「模写にすぎないが、少しは淇園の呼吸が聞こえてくるかもしれない」

「よろしいのですか」

「買う人もいないだろうし、わたしが持っていても仕方がない」

「指墨のお手本として大切にいたします」

明世は彼の好意に甘えた。たとえ模写でも、好きなときに葦秋の筆に会えるのは大きな心の支えであった。

「竹はたやすく見えてむつかしい、一枚の葉が乱れてもその絵は駄目になるが、一枚の葉が描ければやがて本物の竹につながる、譲らないことだ」

言われて明世は彼の竹翁という号を思い出したが、そのことに触れている暇はもうなかった。彼女は丁寧に礼を述べた。それからゆっくりと彩竹図を巻いて葦秋の前に座り直すと、本当に腰の重くなる気がした。

「ここが我が家であったらと思うことがあります」

そう言いかけたものの、言葉はどこかへ消えてしまい、かわりに重い溜息がこぼれた。

そのとき玄関に人の訪《おとな》う声がして、

「わたくしがまいります」

明世は身をずらせて立っていった。この時刻にまだ弟子が来るのだろうかと、自分のことは忘れて応対に出ると、顔を合わせたのは思いがけない人であった。彼女は板の間に正座して、その懐かしい顔をじっと見上げた。

「陽次郎さん？」

「明世どの？」

同じように驚いた顔を、彼らはどちらからともなくほころばせた。明世は一瞬声をつまらせてから、お久しうございます、と言った。十八年振りに見る小川陽次郎は堂々として、片手に酒らしい大徳利を下げていた。

「いまは修理《しゅうり》と申します、光岡《みつおか》修理です」

彼は言いながら、目の前の女と記憶の中にいる娘とを見比べているようであった。それとなく明世も男の変わりようを眺めた。男が立派になったことは涼しげな麻の身なりからも窺えたが、表情にも飾らない落ち着きが見えている。長い歳月を跨《また》いだ違和感はなかったが、男の目に映る我が身を思うと明世は心許なくなって視線を落とした。

「どうぞ、お上がりくださいまし、わたくしはもう帰るところですが、先生はいらっしゃいます」

「それは残念な、いま少し帰りを遅らせることはできませんか」

「できればそうしたいのですが……」

するとと彼は自分の用事はすぐに済むので、待っていてくれと言った。思いがけない言葉に明世は断わることもできなかった。彼について画室へ戻ると、話は聞こえていたらしく、葦秋がもう帰るそうだな、と言った。修理は苦笑した。

「先生もお人が悪い、明世どのが見えることを隠しておられたらしい」

「絵を見たのは今日がはじめてだ」

「本当です」

と明世も口を添えた。

「すると、手前がちょうどよいところへ来合わせたわけですか……」

ま、そういうことにしておきましょう、と修理は微笑みながら、葦秋に手土産の酒を進じた。ときおりそうして訪ねては師弟で酒を酌み交わすらしい。ややもすると男たちが話し込みそうな気配に、明世はさきに辞去した。静かに立ってゆく彼女へ、葦秋は次の絵を楽しみにしていると言い、修理はすぐにゆきますから、と声をかけた。明世はどちらにも丁寧に会釈した。

外へ出ると日は思ひ川の向こうにあって、沈むにはまだ間があるように見えたが、落ち着かない気分だった。修理はああ言ったものの、本当にすぐ来てくれるだろうかと思った。堤の道に立ち、川の流れに目をやると、漁をする小舟が出ている。いつもなら夕餉の支度をはじめるころであった。

夏の盛りを過ぎたのか、日が傾くと川の流れも冷えるらしい。西陽が強く、まだ空は明るいものの、川面は一足さきに暮れようとしている。耳を澄ますと漁師の打つ投網《とあみ》の音が聞こえてきそうな気がして、明世は堤の上から動かない小舟を眺めていた。

さきに帰ります、と引き返して言うのも不調法だし、黙って帰るわけにもゆかない。修理が葦秋と酒を酌み交わしに来たことを考えると、やはり断わるのだったと思ったが、どうしたものかと迷ううちに修理は外へ出てきた。

「まいりましょう」

ほっとした明世の顔を見ると、彼は先に立って歩いていった。葦秋から何か聞いたのか、歩きながら、少し急ぎますかと言ったが、明世は応えずに遅れ気味についていった。友人と呼べる男と今日こうして会えるとは思ってもいなかった。

修理にしても思いがけないことは同じだろう。彼も彼女も歩きながら、むかしへ還ろうとしている。男と歩く堤の道はいまも狭く感じられて、明世はよく彼と平吉のあとについて歩いたことを思い出した。男二人は女のことなどかまわずに話し込んでいたから、明世は彼らの話から世間を学んだようなところがある。男の継ぎの当たった着物を珍しく思いながら、彼の屈託のなさに自由を感じていた。いつの間にか立場は逆転したらしく、明世はかろうじて絵にしがみついているが、彼の自由な精神はどうしたであろうかと思った。

「最後にお会いしたのはいつでしたか、あれから間もなく明世どのは嫁がれたのでしたね」

「はい」

「わたくしは二十歳のときに光岡へ婿養子に入りました、運がよかったと言うべきでしょうが、以来窮屈に暮らしております」

「それを言うなら、わたくしのほうでしょう、零落した家の噂を聞きませんか」

明世は思い切って言った。男に気を遣われるのも、あとから内証を探られるのも厭であった。

「ときおり教武場でご子息を見かけます」

「順之助をご存じですか」

「ええ、まだ話したことはありませんが、明世どのの御子と思うと自然に目がとまります」

「修理さまは、御子さまは？」

「二人おります、どちらも娘ですが」

彼は苦笑しながら、女系の家の噂は聞きませんか、と切り返してきた。

光岡は家禄百五十石の上士で、修理は蔵奉行を務めている。彼の前に三代も続けて婿養子を取るほど跡取りに恵まれず、彼も期待されて婿入りしたが、生まれたのはやはり女子であった。窮屈に暮らしているというのはそういう意味で、葦秋を訪ねるのも家に話し相手がいないからだという。

「婿はいつまでも婿でしかない、女子が生まれるのは男のせいとばかりは言えないのですがね」

光岡では子が生まれる度に男が小さくなってゆく、それは百年も変わらない、と彼は話した。本当かどうか分からない。むかしから彼には人の心を和ませる力があって、よく自分のことを笑いの種にした。聞くうちに明世は彼の術中に陥り、笑い声を上げることになる。いまも話に気を取られて、知らず識らず彼の足取りに並びかけていた。

「それにしても、ご立派になられました」

「見かけだけで中身は何も変わりません、絵のほうも一向に上達しませんし」

「ずっと続けていらしたのですか」

「やめる理由がないというだけです、もっともこの歳で先生に叱られるのも癪《しゃく》なので、近ごろは酒で誤魔化しております、明世どのとは素質が違いますから」

修理はそう言ったが、明世は若いころの彼の絵に強い親しみを覚えていた。大胆な構図や筆遣いは入門したころの自分の絵と似ていたし、どこかに同じ思いの流れるような気がしたのである。葦秋は奔放すぎると評したが、明世は自分もそうであったから、彼の絵には乱暴と紙一重の何かを感じた。南画を学びながら、わざと南画の仕来りを無視するような、遊びとも挑戦ともつかない不敵さがあった。当時はそれを言葉で言うことができなかったが、いまなら言えるような気がする。

「先生は何とおっしゃいまして」

「わたくしの絵ですか」

「奔放で乱暴で強情だが、誰とも違うのがいい」

「よく分かりますね、明世どのは？」

「憂鬱な日は、憂鬱を描けばいいと……」

「なるほど」

と修理は呟いた。

「先生もそうしてこられたのでしょう」

それは本当だろう。明世はゆっくりと暮れてゆく川を見た。いつの間にか視界に漁師の舟は見えなくなって、川は一日の終わりを告げようとしている。西陽は色を濃くし、土手の片側には夕暮れの翳《かげ》が忍び寄っていた。

不意に男の足が遅くなったことに気付いて川面から目を戻すと、堤の道を寧が歩いてくるのだった。人影はぼんやりとして女子としか分からないが、ほかに夕暮れの堤を歩く人もいないはずである。明世は修理から離れて立ち止まった。

寧は重そうな手籠を下げて寄ってくると、どういたしましたか、と修理に訊ねた。

「何か急用でも」

「いえ、今日は懐かしい人に会いましたので、失礼してこのまま帰ります」

そのときになって、明世は寧が修理のために買物に出たことに気付いた。すると寧にも葦秋にも済まないことをしたと思ったが、そうして修理といるのは慰めであった。二人が話すのを聞きながら、彼女は寧の明るさに救われる気がした。

「それは残念ですね、おいしい魚を買ってまいりましたのに……」

「先生とお二人でどうぞ」

「それではいつもと変わりませんわ」

「先生はむしろ喜ぶでしょう」

寧ははにかむように微笑した。目立たないが美しく、葦秋にふさわしい人であった。彼らの間に子がいないことを知ったとき、明世は夫婦の淋しさを思う一方で、家督にとらわれない自由な暮らしを羨ましく思った。夫が画家で葦秋のような人だから、寧は子を生まずとも離縁されることはないのだった。子を生んだために夫の死後も婚家に残った明世の成りゆきとは逆であったが、子がいなくとも彼らは幸福そうであった。

「では、お気をつけて」

寧は言い、明世たちの歩いてきた道を帰っていった。これから有休舎は夫婦の住まいに戻り、明日また弟子たちを迎えるときまで、寧は葦秋の妻に戻るのかもしれない。

「自由で羨ましい」

と修理も言った。女系云々はともかく、彼もまた心に不自由を抱えているらしい。去ってゆく寧を見送り、修理は振り向いて歩き出したが、足取りはゆったりとしてしまった。夕風が男の袖を揺らしている。

「本当の幸福は、歳月が過ぎてみないと分からないものですね」

明世はついて歩きながら、そう言った。男も思うようには生きていないとしたら、十八年も経ってから再会した二人が分かち合えるのは、追憶ではなく、お互いのいまかもしれなかった。

「先生と寧さまは貧しくは見えませんもの」

彼女の言う意味を敏感に悟って、修理は小さくうなずいた。

「先生もわたくしも部屋住みの身でしたが、家を出てからさきはまるで違います、あのころのわたくしは百五十石に目が眩《くら》んで、誰よりも幸福な一生を手に入れたつもりでしたから」

何があるか知らないが、明世は明世で彼の飾らない物言いにうなずいていた。三百石の家に嫁いだ娘の成れの果てを思えば、男に悔いがあるとしてもおかしくはない。窮屈に暮らしているという彼の言葉が急に生々しく感じられて、どこか薄暗いところで心の通い合う気がした。

「しかし、いまごろ悔やんでも手遅れでしょう」

彼は光岡家へ入ると大小姓《おおごしょう》に召し出され、それから蔵奉行に昇るまでに十余年を費やしたと話した。ふと気が付くと三十路を越していて、何か大切なものをなくしたような気がしたという。以来、暇ができると葦秋を訪ねるようになった。

「先生にお会いすると、何かを取り戻せそうな気がします」

修理といて気が楽なのは、似たような悔いを引きずるせいであろうかと明世は思い合わせた。

堤の道は残り少なくなって、土手の左下に堤通りが見えている。歩いている道は下宮の渡し場で途切れてしまい、そのしばらく手前に堤通りへ下る短い石段がある。堤通りから寺をひとつ過ぎると片町の大通りで、二人が人目を気にせずに歩けるのは寺まであった。

石段を降りる前に、彼らは足をとめて川を眺めた。川面は凪《な》いでいるが、向こう岸は葦《あし》の岸辺で風にそよいでいる。むかし修理と平吉は話が盛り上がると、よくそのあたりの土手へ下りていった。話を打ち切って家へ戻るのが惜しいのだった。明世がついてゆくと二人は怪訝そうに眺めたが、彼女はかまわずに男たちを写生した。そうしていっとき、彼らは草の上に憩った。

「平吉さんはどうかしら、立派な蒔絵師になって幸せでいるでしょうか」

明世は欠けている男を思い浮かべた。

「本人に訊いてみるといいですよ、今度三人で会いましょう」

「お二人の絵を拝見したいですわ」

「いっそ三人で書画会を開きますか」

二人は顔を見合わせて笑ったが、たとえそうできたところで絵が売れるとも思えなかった。

「誰か奇特な人を知りませんか」

いつだったか、彼が言い、

「二十年後でよろしければ、わたくしが買いましょうか」

そう答えたのは彼女であった。たしか十五、六のときで、だとするとちょうど二十年が過ぎた勘定になるが、約束は果たせぬだろう。意外にも修理は売画などしなくともよい身分になり、明世は人の絵を買うどころではなくなってしまった。思い通りになったのは平吉ひとりのようであった。

「むかし、この土手に腰を下ろして平吉と何を話したのだったか」

修理も遠い日を眺めている。

「うしろに明世どのがいて、絵を描いていたように覚えますが、何か聞きませんでしたか」

「さあ、殿御《とのご》同士のお話でしょうから」

明世はしかし、彼らの後ろ姿を描きながら少しは聞いていたのである。修理はよく将来のことや行けるはずのない旅について熱心に語り、平吉は自分には継ぐべき家業があるから、と何に対しても消極的に身構えていたように思う。聞きながら明世も自身のことを思ったが、見えてくる姿は画家と決まっていた。苦労知らずだった娘の夢は三十六になるいまも胸の中に燻《くすぶ》っていて、それが生きている証でもあった。

「順之助どのも、そろそろ元服でしょう」

何の前触れもなく、修理はそう言って明世を見た。束の間の語らいが気負いを取り去り、明世を見る眼差しは柔らかくなっていた。

「それだけ、われわれも歳を重ねたわけだ」

「早いもので、わたくしが有休舎に入門してから二十年より経ちます」

「やはり平吉に会いましょう」

彼は言って踵《きびす》を返した。

石段から土手を下りると、風が絶えて、急にあたりが暗くなる気がした。堤通りは野路の続きらしく、道の両側には草木が茂っている。

西陽のとどかない道を歩くのは二人きりであった。

「あのころ、二十年後に修理さまの絵を買うと約束いたしましたが、覚えていらっしゃいますか」

「はて、そんなことがありましたか」

修理ははぐらかしたが、覚えのある顔付きだった。寺の杜が近付くと言葉は少なくなって、二人はうつむいて歩いた。見えてきた静かな語らいの終わりを、明世だけでなく男も惜しみはじめているようであった。

小禄の家中が集まる天神町の朝は早く、空が白むころには遠慮のない物音が聞こえてくる。上士の家に比べ、主《あるじ》の出仕が早いためで、家族は夜の明ける前からその支度をしなければならない。下働きの女や下男のいる家はまれで、毎朝の炊事や洗い濯《すす》ぎは妻女か娘たちの仕事であった。朝の気忙《きぜわ》しい気配は家の中にいても伝わってくるし、垣根越しに短く挨拶を交わす女たちの声も聞こえてくる。明世もそのひとりで、のんびりとしていられないのは無役の馬島家も例外ではなかった。

「いまはこんなふうでも、馬島は由緒のある家です、金輪際《こんりんざい》、捨扶《すてぶ》持《ち》で暮らしているなどと言われてはなりません」

そでの理屈は別にして、明世は他家のすることに倣った。やがて順之助が元服して出仕するようになれば、厭でもそうしなければならない。天神町には天神町の暮らしの流れがあって、その流れに任せるのが無難であったし、そこから食《は》み出すほうが何かと無駄であった。

そでは言うだけ言うが、手伝うことを知らない。持病の痛風が治まり、嘘のようにしゃきっとすることがあっても、明世のすることを見ているだけである。生まれてから死ぬまでお嬢さまで通すのが彼女の生き方であったから、夫に仕えることも苦痛でしかなかったのだろう。その夫からようやく解放されたというのに過去の辛酸しか語らないのは、意味のある過去も未来もないようで哀れだった。

「六軒町《ろっけん》の屋敷には奉公人がおりましたけど、わたくしは夜明け前には身なりを調えて居間に座っておりましたね、林左衛門が早起きでしたから」

明世が朝一番に片付ける茶の間で、そではは夏でも熱い茶を飲みながらよくそう言った。嫁の描く絵を最も嫌い、無益で無意味なものと見下していたから、明世に物を言うとき、彼女は異端者に向かう目付きになって皮肉になった。その口から棘《とげ》の出ない日はなかった。

一日一刻と決めた自分のときを作るためにも明世は懸命になって働

いたが、体を使うこと自体はさほど苦にならなかった。畑へ出て腰を痛めることがあっても、絵を描くうちに痛みは忘れてしまう。気を重くするのは姑の無理解で、

「人前でそんな真似をするんじゃない、馬島の恥ですからね、筆がないなら絵なぞやめたらいい」

あるとき明世の指墨を見ると、そでは血相を変えて詰め寄ってきた。同じことを言うにしても、実の娘であれば違う言い方をするだろうにと、明世はそでの態度にいつまでも血の通わない他人を感じた。

「婿はいつまでたっても婿でしかない」

修理の嘆きは、馬島で言えば彼女のことであった。婿も嫁も違わないとすると、あれは遠回しな慰めであったかと思った。

朝の茶の間に順之助が現われると、そではあからさまに明るい顔になって迎える。不満だらけの暮らしの中で、孫が唯一の希望であった。順之助も祖母の扱いを心得ていて、ことさら丁寧に挨拶をする。毎朝繰り返される儀式が終わると、

「今日は雲がないから大砲《おおづつ》でも撃《う》ってごらん」

そでは機嫌よく言った。

「馬島の男は大砲くらい撃てないとね」

「しかし、まだ調練の段階ですから、年少のものは触らせてもらえません」

「大砲に触れずに何をしているのですか」

「原理と戦術を学び、操縦の仕方を見学しています」

「原理？」

そでは眉をひそめて、彼女にとって無意味なものを目にしたときの権高《けんだか》な構えになった。

「師範はどなたですか、馬島を軽く見ているのではないでしょうね」

「西洋流は杉野一馬《すぎのかずま》さまです」

順之助は儀礼的に答えている。

「杉野というとご家老の一族ですか」

「はい」

「それでは仕方がありません」

憤るかわりに、そでは顔色を戻して順之助にも茶を飲むようにすすめた。明世が膳を運んでゆくと、彼のために茶を淹《い》れるようにと言い、順之助が手伝いに立とうとすると、男子のすることではない、と制した。順之助はかまわずに立ってきた。

「運ぶくらいはいいでしょう、この家には三代三人しかいないのですから、自分の代のことは自分でいたしませんと」

言うことを聞かなくなってきた孫に腹を立てても、そでは追咎《ついきゅう》しない。彼との仲がこじれて孤立することを本能的に避けているのだった。

明世は見ない振りをして黙っていた。そでと息子の間に割り込めば口論がはじまり、そでの矛先は明世に向かってくる。それこそ無駄な口論であった。台所の隅で器用に茶を淹れる息子と目が合うと、彼女は「ほどほどにしなさい」と言うように苦笑した。

食膳が揃うと、明世はあとから順之助が運んできた茶を配った。そでは二人の顔を見比べながら何かあったかと疑っている。食事中、彼らは口をきかず、それぞれの膳に向かうだけであった。新しい一日のはじまり、狭い茶の間に家族三人が寄り添う雰囲気はなかった。

「今日は末高へまいります、帰一が非番で家にいるでしょうから」

明世は食事のあとで告げた。久し振りに順之助も連れてゆきたかったが、彼は藩校へゆき、そのあと教武場へゆくという。末高の広い屋敷や堅苦しい空気が肌に合わないのか、順之助は母親の実家へあまりゆきたがらなかった。

「烏帽子親は決まったのですか」

「そのことでまいります」

「林左衛門が生きていたら、ご家老にでも頼めるだろうに……」

そでは皮肉を言い、ゆくのはいいが長居はしないようにと釘を刺した。それから急に目を光らせると、畳の一点を見つめて小刻みに口を開けたり閉じたりした。明世はさっと腰を浮かせた。

「わたくしが実家へゆこうものなら、林左衛門はこう言いましたよ」

そでの果てしない述懐につかまる前に、彼女は立っていった。いつかはとことん聞いてやりたいとも思うが、いまは割り切らなければこちらの身がもたない。台所で片付けをしていると、しばらくして身支度をした順之助がやってきて、

「ばあさんは頭がおかしい」

と言った。

「ばあさんなどと、口が曲がりますよ」

明世は窘《たしな》めたが、順之助の気持ちが分からないではなかった。その話は十四歳の少年に聞かせることではないし、六十三歳の女が話すことでもなかった。たった二人の家族を相手に鬱憤《うっぷん》を晴らすのは、老女の我儘だろう。聞いているだけで疲れる、と順之助は溜息をついた。

「おばあさまには大事なことなのでしょう」

「そうかもしれませんが、あれもこれも過ぎたことばかりです、しかも厭な話ばかりだ、死んだ人間の悪口を言って何がおもしろいのか」

順之助は不遜《ふそん》な言い方をしたが、十三年しか生きていない少年のほうが、言ってもはじまらないことを蒸し返す虚しさを知っているのだった。彼は林左衛門を覚えていたし、そでの話を聞かなければ優しい祖父として記憶に残ったに違いない。

「あの人は悪態をつきながら、むかしの馬島を忘れられずにいる、零落《おちぶ》れた事実を認めないし、気持ちも切り替えないから、いつまでもむかしに生きている」

順之助はそう断じた。否定できない事実を息子の口から聞くと、明世は妙に胸を衝かれた。いつの間にか成長したらしい息子と、彼の歳に有休舎へ通いはじめた自分を比べると、明らかに彼のほうが大人であった。順之助は父親から学ぶはずのことを自力で学んでいるのかもしれない。

さきに出かけるという息子へ、

「末高の叔父さまにも一度ご挨拶にゆきませんとね、元服の烏帽子親をお願いすることになると思いますから」

　彼女は片付けの手を休めて言った。

「決まったらご挨拶に伺います、叔父上にはお聞きしたいこともありますし」

「わたくしでよければ、今日にでも聞いてまいりましょうか」

　順之助は微笑を浮かべて、少々込み入った話ですから、と言った。

　尊王や攘夷といった思想絡みのことだろうかと明世は思ったが、それなら男同士で話すのが妥当であった。叔父甥の間なら、他人より深く話せることもあるだろう。

　それとも長州のことだろうかと、彼女はつい昨日、隣家の女から立ち話に聞いたことを思い出した。もう一月ほど前になるが、長州再征のために将軍が江戸を進発したという。長州に容易ならぬ企てがあるというだけで詳細は分からないが、そもそも以前なら女子には伝わることのなかった話である。それだけ男たちも落ち着いてはいられないのだろう。異国の圧力と内乱の危機を同時に迎えて、これから世の中はどうなるのかと思う。幸い、藩は前の征長には関らずにきたが、藩内には尊攘派と呼ばれる人たちがいて幕府を非難しているというから、重職でなくとも痛痒《つうよう》を感じないわけにはゆかない。長州再征の噂くらいは順之助もどこかで聞いているはずだが、女子相手に話すことではないと思うのか、家では何も語らない子だった。

「それより握り飯を二つ作っておいていただけますか、いったん昼過ぎに帰りますので」

「そのころにはわたくしも戻っておりましょうから、昼餉を拵《こしら》えましょう」

「いえ、握り飯でかまいません、そのほうが早く済みますし、厭な話を聞かずに済みますから」

彼は真顔で言って、出かけていった。

明世は気持ちを切り替えて、残りの洗い物をはじめた。洗濯と掃除もして一刻後に家を出ると、通りは暑さがぶり返したような陽の濃さであった。彼女は歩きかけて、ふと家のほうを振り返った。

「早くお帰り」

玄関を出るとき、奥からそう言ったそでの声が耳に残っている。そのときはいつもの嫌みに聞こえたが、あれで案外心細いのではないかと思ったのである。そではひとりのときを何をして過ごすのか、明世が帰ると家の中は出かける前と何も違わなかった。口は達者だが、体は徐々に弱ってきている。それでなくても愉《たの》しみを持たない人が茶も淹れず、壁を見つめて過ごすのはどんな気分だろうかと思いながら、自分にもときのないことに気付くと、彼女は振り切って歩いていった。

町屋で手土産をもとめて、白壁町の屋敷へ着くと、帰一は前庭にいて庭師のする仕事を眺めていた。大門の少しさきに左右に並ぶ黒松の木があって、枝が広がりすぎたために手入れをさせているのだった。帰一は子供のころに、その松の上から落ちたことがある。落ちる寸前に門番が気付いて受けとめたから大事には至らなかったが、そのあと八百里の雷が落ちた。

「落ちるくらいなら、飛び降りろ」

そう怒鳴られた彼は、翌日から本当に飛び降りる練習をはじめた。幾度か失敗して足首を挫《くじ》いたりしながら、どうにかうまく飛び降りられるようになると、彼はある日、帰宅する八百里を待ち伏せて飛び降りて見せた。ただ父の驚く顔が見たい一心でしたのだろう。彼は成功し、それ以来松の木には登らなくなったが、いまでも懐かしいに違いない。

「あなたが飛び降りたのは、たしかあの枝でしたね」

松の剪定《せんてい》に気を取られて来客に気付かない弟へ、明世は歩み寄って声をかけた。帰一は驚いて、誰かと思いましたと言った。

「姉の声を忘れたの」

彼は苦笑して、また松の木を見上げた。

「わたくしが飛び降りたのは、あの上の枝です」

「あんなに高かったかしら」

「松の背が高くなりましたが、枝はあれです」

「絵に描いておくのでした、松もあなたも……」

明世は言ってから、本当にそうするのだったと思った。その絵を土産にしたら、帰一も母も安菓子などより喜ぶに違いないのである。

「母上が夏風邪で臥《ふ》せっております、さきに見舞ってやってください」

「ひどいのですか」

「いいえ、たいしたことは……」

帰一は松の木の天辺《てっぺん》にいる庭師にひとこと声をかけると、自分は庭から戻ると言って歩いていった。明世はひとりで玄関から上がった。案内がなくても迷う心配のない家だが、却って敷居が高く感じられて落ち着かなかった。彼女はまっすぐにいせを見舞い、付き添っていたまきに労《ねぎら》いを言ってから、黒光りする廊下を客間へ歩いていった。

「どうです、案ずるほどのことはないでしょう」

待っていた帰一はそう言って姉の顔色を見た。

「ええ、熱も下がったそうです」

「まきがいれば、母上は安心します」

明世はうなずいて、入れ違いにしげが出していった麦湯をすすった。

帰一の何気ない言葉が胸にこたえて、そでの姿が思い浮かぶと、彼女はすぐに用件を切り出した。

「おかあさまから聞きましたが、順之助の烏帽子親を頼まれてくれるそうですね」

「はい、やはり叔父上は国許を離れられないようです、そう知らせてまいりました」

「はじめから無理なお願いでしたから、お気を悪くなされたのではないですか」

「いや、その心配はないようです、姉上にもよろしくお伝えするようにとのことです」

明世は面倒をかけた礼を言い、気がかりだった元服後のことを訊ねた。順之助の元服を藩へ届け出るだけで家禄が元へ戻るならそれでいいが、何か複雑な手続きがいるのではないかと思った。

「あれから八年も経っていることですし」

「それも、わたくしがいたしましょう」

帰一は答えて、藩庁への届け出だけをするようにと言った。そのさきは手続きというよりも重職との交渉になるだろうという。藩の財政も世情も思わしくないときなので、まるまる旧に復すのはむずかしいかもしれない。いずれにしても、こういうことは沙汰を待っているといつまでも決まらない、とも言った。

「やはり家には男がいないと駄目ですね、放っておいても順之助は成長しているようですけど、お城のことまでは学びようもありませんし」

明世はいつになく心強い思いで弟を見た。松の木から落ちて青ざめていた、あの子がと思うのは姉の思い上がりのようであった。子供のころの帰一は活発な姉に父母の注意を奪われてしまい、どこにいるのか分からないような子だったが、いつかしら一家の柱になっているのだった。そのことに明世はいまさらながら驚かされて、彼女の知る弟とは違う人を見る気がした。姉の前では弟の顔をしていても、男は城へ上れば大番頭であった。彼女は順之助のためにも聞いておこうと思い、もうひとつの気がかりを口にした。

「ところで、ご公儀がまた長州を攻めると聞きましたが……」

「ええ、どうやらそうなりそうです」

「御家は大丈夫でしょうか」

「江戸や神奈川の警固がありますから、おそらく征長に加わることにはならないでしょう、しかし対岸の火事というわけにもゆきません、藩内にも長州に肩入れするものがいますし、およそ尊王では一致しながら幕府と朝廷の関係や攘夷の問題ではまったく折り合いません」

帰一は顔色を曇らせ、当分、藩論がひとつにまとまることはないだろうと話した。

「もっとも朝命か幕命があれば、われわれは従うしかありません」

「あなたはどうなのですか、攘夷派ですか」

帰一は少し考えてから首を振った。

「わたくしの務めは御上《おかみ》と城を守ることです、しかしそれを言うと日和見《ひよりみ》と思われます、いずれにしても、いまは幕府を支えないとわれわれも危ない、内側から崩れて異国に攻められるか、その前に藩内でも争いが起こるかもしれませんから」

「どういうことでしょう」

「事態が悪化すれば、対立する家中同士が戦わずにはいられなくなるということです、幕府の目が届かなくなれば諸国で争乱が起きます、その意味では幕府に力を示してもらいたい」

「征長は仕方がないと……」

「いいえ、むしろ避けるべきではないかと……ひとつ間違えば内乱につながりかねませんし、どのような不測の変が起こるかもしれません」

それに、と帰一は言いながら溜息をついた。

「内乱になると、幕府も長州もわれわれも天朝に仕える立場ですから、尊王はいまさら言うまでもありませんが、すべての大義名分が朝命を奉じるものにあることになり、朝命を取り付けたものが正義になります」

明世には分かったような分からない話で、漠然と感じていた不安を大きくしただけであった。

「昨年のように長州が朝廷と幕府に恭順し、戦火を交えることなく終わればよいのですが、長州が再び屈従するかどうか……」

そもそも朝命に従い下関で攘夷を実行したのは長州ですから、と帰一は話した。それが宮中に政変があって京を追われ、翌年禁門の変を起こしたものの敗れて朝敵となっている。しかも朝廷は朝廷で横浜鎖港や攘夷を望みながら下関は異国に砲撃させて黙っている。幕府は攘夷どころか異国に賠償金を払うことを決め、さらに再び長州を征討するというのだから、わけが分からない。

帰一は幕長の駆け引きで終われればよいが、戦端を開けば泥沼になるだろうと言った。将軍が進発した幕府は負けるわけにはゆかないし、長州は仮に勝ったとしても他国へ進撃はできない。長引けば莫大《ばくだい》な軍費がかかり、物価が高騰し、人々の暮らしを脅《おびや》かすことになる。諸藩の意向と長州の出方によっては幕府の興廃にも関りかねない。その長州は幕府に敵意はないと言っているが、それもおかしな話で、武備をすすめ、王政復古を唱えているというから幕府も信用がならないのだろう。

「分かっているのは、そんなところでしょうか」

「もしも順之助に注意を与えるとしたら、何と申せばよいでしょう」

「日和見で通せ、それが無難です、今日正しいことが明日には罪になりかねない時勢ですから」

分かりました、と明世は言ったが、思わず溜息が出た。考えていたよりも世の中の変化が複雑で激しく、これから元服し、家中となる順之助の将来に不安を抱かずにはいられなかった。彼はまだ帰一ほどの知識も分別もないだろう。しかも、母親にその不足を補ってやる力はないのだった。

そろそろ帰らなければと思いながら目を上げると、帰一の顔に疲れが見えて、明世はせっかくの休みに済まないことをしたと思った。彼女は気分を変えて、詫びるつもりで言った。

「まきさんは幸せね、あなたがしっかりしているし、姑には頼りにされて……」

「あれなりに苦労はあるようです」

「それはそうでしょう、他人の家に暮らすのですから、わたくしは夫も舅も亡くしましたが、未だに自分の家のないような気がいたします」

だが、そう言ってから、結婚も絵も半端に終わりそうな自分に気付くと、女子ひとりのことですら、これから何をどうして生きてゆけばよいのか分からない気がしたのである。

零落した家の嫁の苦労を思うのか、帰一は慰めようのない顔で姉を見ていた。

「いまはどのような絵を描きますか」

彼は言葉を探してそう言った。いまは、と言ったが、明世が絵に没頭していたころ、彼はまったく邪魔をしなかったし、どこかで姉の絵を見ていたとも思えなかった。

「指で竹を描くと言ったら、筆もないのかと思う人もいるから、あまり言わないことにしています」

明世は言いながら、帰一にも分かるまいと思った。末高で絵の分かるのは八百里ひとりで、それも狩野派のものであった。広い屋敷に南画の掛軸はひとつもなかったし、いまもないだろう。

「そのうち一枚差し上げましょう」

当てにならない約束をして彼女は辞去した。もう一度いせを見舞って外へ出ると、剪定を終えた木の下で庭師が後片付けをしていた。松はかなり切り取られ、枝振りが涼しくなっている。近付くと庭師は頭の手拭いをとって丁寧に辞儀をした。

「済んだら、裏でお茶をもらうといいわ」

見送りにきたしげが声をかけると、彼はまた頭を下げた。白髪の目立つ年寄りであった。

明世は立ち止まって、しげを振り返った。

「あの松から帰一が落ちたのを覚えていますか」

「はい、覚えておりますとも」

しげは自分のことのように目を輝かせた。

「旦那さまはまだ七つか八つでございました、落ちたのはたしか右手の松で、下から三本目の枝からでございます」

「よく覚えていますね、あのころ帰一はわたくしの絵を見ることがあったかしら」

「さあ、それは……大旦那さまはよくご覧になられましたが……」

それが何か、と言うように見つめたしげへ、明世は見送りはもういい、と告げた。むかしのように、そのまましげがついてきそうな気がして、気持ちを切り替えたかった。彼女はしげに目をあてながら、松はいいわね、と言った。

「枝を切られても甦《よみがえ》るから……」

しげは不意を衝かれたらしく黙っていた。

ひとりで小門をくぐると、通りには珍しく人影が揺れていた。片町のほうからこちらへ向かってくるのは一目で高禄の武家と分かる女子で、二人の供を従えている。彼女は気を引き立てて歩いていった。しげと歩いた最も幸福な日々を思うと胸の中が燃えるように感じられたが、歩くうちに気持ちは馬島の嫁に戻っていった。

夏の終わりに痛風が悪化してから、そでは人が変わったように穏やかであった。病状が思わしくない、と医者に言われて気落ちしたうえ、食事と手水《ちょうず》に立つ以外は寝ていることが多くなり、立つときは明世の手を借りずにはいられなかった。厠《かわや》へゆくときはもちろん、そこで用を足す間も明世が後ろから抱くようになると、ひとり尊大でいることもできなくなってしまったらしい。

「こればかりは順之助には頼めませんしね」

そではそういう言い方しかしなかったが、羞恥と不安と感謝の混濁《こんだく》した気持ちは明世にも伝わってきた。もっとも、それまでの長い不和を考えると、いつまた元の我儘な老女に戻ってもおかしくはなかった。

明世は日に幾度かそでを厠へ連れてゆくかわりに平穏を与えられたが、心のどこかで嵐がくる前の凪《なぎ》を見るような気がしていた。そんな予感がしたし、このまま何事もなく月日が過ぎてゆくとも思えなかった。それでもそでの変化は家の空気を和らげ、落ち着きのあるものにした。明世は何より絵に集中できるのがありがたかった。

指墨が身に付いてきたのか、彼女の描《えが》く竹は以前のそれとは比較にならず、好きな没骨《もっこつ》と併せて描《えが》くと絵の表情も変わって新鮮であった。竹は淡墨と焦墨で描き分けると光と距離が出て生き生きとする。彼女はそこに牡丹や山吹をあわせた。すると何かしら余情のようなものが生まれて、目の前に道の開ける気がしたのだった。小さな発見が情熱につながり、情熱が次の絵を描かせることを彼女は久しく忘れていたようであった。

光岡修理と川の堤を歩いた日から一月余りが過ぎて秋もすすむころ、思いがけず彼から連絡があって平吉と三人で会うことになると、明世は少女のような胸のときめきを覚えた。それも情熱というのかもしれない。彼女にとって平吉は修理と切り離して思うことのできない人であったから、同時に二人に会えるのは楽しみであったし、彼らを誰よりも近しく感じるのは、若く輝いていた一時期、確かに共有したものがあるからであった。

明世はその日のために竹と萩《はぎ》を描《えが》いた。竹は指墨で描《えが》き、下に点描に近い没骨で萩を描《えが》くと季節が現われて凜としたが、萩に彩色を施せばさらに変わるはずであった。彼女は手元に顔料のないことを悔やんだ。修理と平吉に会うとき、お互いにいまの絵を持参して見せ合うことになっていたから、少しは華やかにしたかったのである。

その日の朝から忙しくして、午後には留守中の支度を済ますと、彼女は髪を結い直して薄化粧をした。再会は夕暮れの約束であった。天神町へ越してから着る機会のなかった柿色の袷《あわせ》を出して着替えている

と、

「へえ、そんな着物がありましたか」

順之助はひとりの女に変わる母親を不思議そうに見ていた。彼は二人分の茶を淹れると、着替えを終えた明世にもすすめた。

「待ち合わせは肴町《さかなちょう》の小料理屋でしたね、五十川《いそかわ》とかいう」

「ええ、そう、何かあったらそこへ知らせてください、もっとも夕餉をご馳走になるだけですからそれほど遅くはならないでしょう」

明世は落ち着かない気持ちで、湯呑に口をつけた。男たちは酒を飲むだろうが、一刻もあれば話は十分にできるだろうと思っていたし、順之助にもそう言った。それから戻るとしても、天神町と肴町の間はたいした道のりではなかった。

修理は役目を終えて一度帰宅してから、平吉は仕事に切りをつけて出かけてくるはずである。彼らがどんな絵を見せてくれるか、それも楽しみであった。彼女は小さな巻軸を摑《つか》むと、飲みかけの茶を残して腰を浮かせた。

「少し早めに出かけます、小料理屋を探すのに手間取るかもしれませんから」

「五十川なら、丸屋《まるや》という蠟《ろう》問屋の向かいの路地を入ってしばらくさきです、表通りからは見えません」

「そう」

明世は聞き流してから、ふと彼の言葉に引っかかりを感じて座り直した。出かけてゆく当人が知らない店を息子が知っているのはおかしいし、小料理屋は子供が興味を持つ店でもないだろう。

「なぜ」

と彼女は訊ねた。咄嗟《とっさ》に息子の気持ちが分からなかった。

「何かあるといけませんから」

順之助はぼそりと言って、不満とも不安ともつかない暗い目を向けてきた。たしかに夫がいたなら許されることではないかもしれない。しかし相手は修理と平吉である。画塾の同門が十八年振りに会って絵を見せ合う。日中はそれぞれにすべきことがあって出られないから夕方に小料理屋で会うにすぎない。順之助は浮かれている母を案じたのだろうか。明世は苦笑した。

息子の心配に思い当たるまで、彼女はそんなことは考えもしなかった。当時葦秋の女弟子は彼女ひとりであったから、同門といえば男である。彼らに会うことと、ひとりで葦秋を訪ねることに何の違いがあるだろう。むろん夫がいたなら許しを得るし、いないから自分で決める。いままでもそうしてきたし、息のつまるような暮らしに小さな明かりが差して悪いことはない。

「心配なら迎えに来てくれてもいいけど、おばあさまが困るわね」

「光岡さまに送ってもらえばいい」

順之助はそっけなく答えた。砲術の調練に夢中な彼がそういう心配もするのかと明世はむしろ微笑ましく思ったが、順之助はひどく暗い顔をしていた。いっとき家族を忘れて過ごすために、いくらか美しくなった母親を夕暮れの町へ送り出すのは気がすすまないらしい。それも子供なりの愛情なのだろう。

そでに出かける挨拶をして、その前にもう一度厠へゆくかと訊ねたが、彼女は首を振っただけで黙っていた。明世はすっと立ち上がって、そのまま家を出た。ほかに気がかりはなく、あとのことは順之助に任せるしかなかった。彼は不服そうな顔のまま門口まで見送りにきたが、そでのことを頼むと、神妙にうなずいて引き返していった。

暮色の町には人通りが少なく、いつもなら明世も台所に立つころであった。秋の日は短く、薄暮《はくぼ》かと思う間にみるみる暮れてしまう。彼女は歩くうちにぽつぽつと町屋の軒行灯《のきあんどん》が灯るのを見かけて、肴町に着く前に暮れてしまうのではないかと案じた。天神町からは紺屋町《こんやちょう》、石町《こくちょう》、大工町《だいくちょう》と越えたさきが肴町で、ゆくほどに通りも狭くなって小さな家が建て込んでいる。肴町の表店《おもてだな》は料理屋や商家で、青物や魚を売る店が固まっているのは裏通りの一郭《いっかく》であった。いくつもある路地の奥には稲荷《いなり》が見えたり、長屋があったり、小さな仕舞屋《しもたや》が並んでいたりして、どこも薄暗かった。

蠟問屋の丸屋はまだ店を開けていて、すぐに分かったが、向かいの路地は細いうえに黒塀に挟まれていて、本当にこのさきに店があるのだろうかと疑いたくなるほど暗く物寂《ものさ》びていた。明世はいくらか空に残る光を頼りに歩いていった。順之助の心配もその路地から生まれたように思われ、彼女も不安になっていたが、歩き出して間もなく行く手にぼんやりと大きな灯が灯るのが見えて、そこが「五十川」のようであった。

小料理屋と聞いていたが、「五十川」は大きな店で、茅葺《かやぶ》きの古い佇まいも落ち着いていていた。わざわざ表通りから逃れて人目につかないようにするのも、ひとつの商いなのだろうか。路地に面して五坪ほどの露地がとってあり、店はそこに立つまで見えない。敷石の両側には竹や南天の植込みがあり、道にも洩れてくる明かりは露地の角に立てた行灯のものであった。

水を打って間もない敷石を踏んでゆくと、待っていたように若い女中が出迎えて、名乗りもしないうちから、お待ちしておりましたと言った。明世は驚いたものの、あとから思うと巻軸を持った女の客が何人も来るわけがないのだった。店には表戸を開け放しても外から見えるような土間の席はなく、中廊下を案内されて奥へすすむと、突き当たりに坪庭があり、そこを折れると目の前が座敷の入口であった。女中が正座して声をかける間に、明世は首を回して坪庭の篠竹《ささたけ》を眺めた。修理のことだから、持参した絵と見比べて何か言うのではないかと、そんな気がしたのだった。

「お連れさまがお見えになられました」

女中の声に続いて男の応える声を聞くと、彼女は上気したようになった。隠れ家で人と密会するようなときめきがないと言えば嘘になるが、絵の分かる人と心の底から自由な語らいができると思うと、それだけで震えてしまいそうであった。

「光岡さまと平吉さんはいまも友人で、二人はわたくしにとって幼なじみのようなものです、平吉さんは蒔絵師だから、いい顔料を分けてもらえるかもしれませんね」

順之助にはそう言ったものの、明世は本当に三人で会える日がくるとは思っていなかった。修理と出会い、川の堤で話したことは、その場かぎりのことで、彼とも平吉ともそれまでのように行き違う気がしていたのである。あれから一日一日がそういう何も起こらない歳月のはじまりのように思えていたし、修理から連絡がなければ、また偶然の出会いを待つしかなかっただろう。

女中に促されて敷居を跨ぐと、果たして男たちは喜びと懐かしさの溢れる顔で迎えてくれた。彼らはもう語り合っていたようすで、平吉は明世のほうへ膝をずらして丁寧に辞儀をした。さあ、どうぞ、と修理が言っている。明世は平吉に目をとめながら、一目で杉と分かる若木が成長してやはり杉の木になったような、彼の上にだけは静かに流れたらしい歳月を眺める心地がした。

修理から聞いていたのか、平吉は零落《おちぶ》れた明世に驚いたようすもなく、落ち着いて、ごく自然な物言いをした。挨拶がすむと、彼らは膝を交えて話した。男たちは酒を飲み、料理のくる間、明世はお茶をいただいた。小作りだが品《ひん》のある座敷には丸窓があり、坪庭が見えるはずであったが、開けると冷えるのか閉められたままであった。

有休舎の板の間にも似たような明かり窓があって、明世はよく、そこから外で待っているしげを眺めた覚えがある。春か夏のことだろう。窓は西に面していたから、開けると風が川の匂いを運んできた。しげは庭の木陰に立っていることもあれば、堤の道から川を眺めていることともあった。順番を待たずに葦秋に会えるときはいいが、運の悪いときは長く待たされたから、しげも暇を持てあましたに違いない。雨の日も彼女は中に入らず軒下かどこかにいて、気配で分かるのか明世が出てゆくとさっと傘を差し出したものである。当時は家の女中としか思わなかったが、あのころしげは何を楽しみに暮らしていたのだったか。

「たしかおしげさんといいましたね、いまはどうなされましたか」

平吉はしげのことをよく覚えていた。鼠色の着物と揃いの羽織を着た彼は職人というよりも商家の主人ふうで、こつこつと確かな道を生きてきた男らしく、物静かな話し方をした。

「一度商家へ嫁ぎましたが、縁がなく、いまは末高におります」

明世は答えて、彼に酌をした。

「あの人には優しくしていただいた覚えがあります、落雁《らくがん》が何か、菓子をもらいましたね」

平吉は言ったが、明世はしげがいつ平吉と話していたのか記憶になかった。彼女が葦秋に呼ばれて画室にいる間のことかもしれない。

「おれはむしろ脅されたな、お嬢さまにあまり近付くなと……」

修理はむかしの彼に戻り、打ち解けた口調で話した。彼の太い声はそのほうが快く聞こえた。

「それでどうしましたか」

「あんたならいいか、と言ったら、思い切り足を踏んづけられたよ」

修理の言いそうなことで、彼らは声を合わせて笑った。しげが話題に上るのは意外だったが、男たちにとっても懐かしい人には違いない。彼らといると心が休まる。その笑い声にも何気ない言葉にも、明世は心の通う人といる安らぎを覚えていた。

しげのこともそうだが、三人で堤の道を歩いたころの情景は、それぞれの心に微妙に屈折して刻まれたらしい。明世は常に修理と平吉が連れ立っていたように覚えているが、平吉は家の事情で毎日は通えなかったという。平吉のいないとき、明世と修理が二人で歩くはずがなく、修理もそう言ったが、しげがいたのでたまには二人で歩いたかもしれないと言い直した。彼の記憶にも不確かな光景があって、そこには平吉がいたようにもいなかったようにも思えるという。

「すると、いつも三人で歩いていたように覚えているのは、わたくしの思い違いでしょうか」

「ええ、たぶん、たしかによく三人で歩きましたが毎日ではありません、ただ、わたしは修業が厭でよく抜け出しましたから、堤で出会ったりしたことはあるかと思います」

平吉は遠くを振り返る目になって、束の間、笑うでも嘆くでもない能面のような顔をした。彼にも、この二十年は短くはなかったらしい。

「立派な蒔絵師になられたそうですね」

明世は友人としての喜びを込めて言った。平吉の描く蒔絵は南画がそうであったように、さぞかし繊細で美しいだろうと思った。

「立派かどうか、それはこれからでしょう」

「葦秋先生がそうおっしゃっておいででした」

「先生は絵に関しては厳しい人ですが、人の悪口は言いません、弟子が蒔絵師になれば、人には立派な蒔絵師になったと言うでしょう、そういう御方です」

思い当たることがあるのか、修理は平吉に目をあててうなずいている。明世は十八年振りに葦秋に会って、そのとき「天保」と題した画帖を見たことを話した。

「それなら、わたしも拝見しました」

平吉は葦秋の描いた自分の顔を見たとき、まるで古い鏡に焼き付いた顔を見るようで鳥肌が立ったと言った。葦秋に描かれているときは非情な仕打ちを受けているように感じたが、画家にはああいう目がなくてはならないと感じたという。

「あのころ、先生の凄さはいまの半分も分かりませんでしたね」

それには明世も同感だった。自分も歳を重ねて少しは人を見る目ができたのか、葦秋に再会して感じたのは、むしろ優しさであり、暖かな人柄であった。それでいて彼の絵には冴え渡る冬の月のような冷たさが漂っていた。

たとえ非情な人が冷徹な目をもって描いたとしても、味気ない絵になるだけで、葦秋の絵のように冴え冴えしいものにはならないだろう。技巧だけで情熱のない絵は見てもつまらないし、伝統をなぞるだけでは新しいものも生まれてこない。若くして隠棲《いんせい》しながら、葦秋には途切れない情熱があるから絵も生きている。名声に縁がないのは狭い土地から離れないためだろうし、あるいは世に知られることを望んでいないのかもしれない。

明世が漠然と感じていたことを口にすると、平吉は自分のことのように破顔しながら、わたしもそう思う、と言った。

「上方や江戸には高名な画家が大勢いますが、先生の絵は彼らに勝るとも劣らないものです、わたしは江戸から画本や図版を取り寄せて見ていますが、そこに先生の絵を突き合わせてみたい気分になります、とくに晩年の文晁《ぶんちょう》には失望しました」

「濫作《らんさく》のためですか」

「ええ、大家《たいか》ですから注文はいくらでもあったでしょうし、それに応えたといえば応えたことになります、画家の宿命かもしれません、しかし売り捌《さば》くために描いた絵というのは大家のものでもありふれて味気ないものです、こんなことを言うと自信があるように聞こえるでしょうが、わたしの絵は平凡で古くてつまらないものです、そこから食み出ないし、出てもすぐに帰ってしまう、だから分かるのですが、本当にいいものは遠くへ遠くへと歩いてゆくもので孤独なはずでしょう」

平吉が物静かな口調で語ると、孤独という言葉も尊いものに聞こえて、明世はそうかもしれないという気がした。かといって仕来りを破り、自分のものに固執するのは簡単だが、人に認められない絵として終わるのは寂しい。それでも思うように描くしかないのが絵というものので、清新であればあるほど帰るところがなくなる。平吉もそういう意味で言ったのだろう。強情と強靱な精神は紙一重で、女子が遠い道をゆくとしたら、なおさら孤独になるに違いなかった。

料理が運ばれてきて、小宴の形が調うと、修理は改めて再会を祝う言葉を述べた。明世は美しい器や盛り付けに見とれながら、彼の言葉が終わるのを待って酌をした。

「あとで絵を拝見するのが楽しみですわ」

「晩年の文晁も呆れるでしょう」

彼女はくすりと笑った。そうしていると少しも窮屈でなく、家にいるときよりも寛《くつろ》いでいた。

「世の中が移り変わるように、絵も変わらなければおかしいのです」

平吉の話を聞きながら、明世は料理に箸をつけていった。何か分からない摘入《つみれ》のような蒸し物がおいしく、口の中で溶けてゆくように思っていると、中から銀杏《ぎんなん》が現われたり、柚子《ゆず》の香りが広がってくる。するとそれだけで幸福な気持ちになれるのに、ちらりと順之助に済まない気もするのだった。彼女は家庭にはない、深い休らいを味わっていた。

「伊藤若冲《いとうじやくちゆう》という人がおもしろいことを言っています、いまの世に天翔《あまかけ》る麒麟《きりん》など見られるはずがないから、自分は鶏を描くのだと……つまり写生こそが絵だというのです」

「平吉、おまえ、むかしから絵のことになると弁が立ったが、変わらないな」

「そういう光岡さまこそ、ご立派になられた以外はむかしのままのようです」

「光岡さまはよしてくれ、修理でいい」

彼は気取らずに忙しく箸を使った。明世が馳走をひとつひとつ賞味する間に、彼の前の小鉢や皿はみるみる空いていった。平吉は手酌でゆっくりとやっている。彼も気分がいいのだろう、静かな語らいが続いた。

「これはあとになって気付いたことですが、あのころからお二人の絵はほとんどが写生でした、おそらくはいまもそうかと存じますが、本来絵はそうでなければおかしいのかもしれません、この目で見られないものを描くから説明がいる、画賛がなくても本物の絵は人の心に伝わりますし、見劣りすることもありません」

蒔絵と違い、絵に同じものはないと彼は言い、蒔絵が分かれば分かるほど装飾と絵の違いを思い知ったと話した。明世は自分の思いを彼が言葉にしてくれる気がした。本能的に画賛を拒んできたのは、そういうことであったかと思った。

「平吉さんは子供のころから蒔絵の修業を積んできたのでしたね」

「はい、それが親の望みでしたから」

有休舎へ通っていたころ、彼は父親の指図で塗師《ぬし》のもとへも行かされたという。父と同じ蒔絵師になることは決まっていたから、漆を知るのも修業だと言われた。画塾へ通うのも、結局は蒔絵師になるためであった。彼は反発し、密かに画家を志したが、学問がなければ画賛のひとつも書けないと知って挫折したという。それでも絵を続けてきたのは、自由な自分を感じるからであった。

平吉が密かに画家を志したという話は修理にとっても初耳だったらしい。望んで蒔絵師になるものとばかり思っていた、そう彼は話した。それも仕方のないことで、平吉は意匠のために絵を学んでいると話していたし、もともと感情を口にしない少年であった。彼は蒔絵師になってからも、夢を捨て切れずに悩んだそうである。親方でもある父親の目が光っていたから、絵を描くのも内証事のようにしたし、独学で漢籍《かんせき》も学んだが、とても二足の草鞋《わらじ》で歩ける道ではないと悟ったという。

「ところが、きっぱり諦めてから絵が楽しくなりましてね、いまは画賛など考えもしません」

平吉は明るく言った。絵を描くことが楽になると、不思議と蒔絵も楽しくなった。地道に生きていても躓《つまず》くことがあって、気落ちするとき、絵は慰めになった。描いたからといって苦しい現実が変わるわけではないが心が落ち着く。二番目の子が病で夭逝《ようせい》したとき、彼はこれでもかとその顔を描き続けた。妻は未練が募るだけで苦しいと言ったが、いまではこの世に生きた子の魂を感じるらしく、その絵を見ては笑っている。

彼らが人並みに暮らしてこられたのは、何のかのと言いながら有休舎へ通わせてくれた父親のお蔭であった。視野の狭い職人だったから、彼なりに最も安全な道を息子に用意するしかなかったのだと、いまなら分かる。その父親も死んで、いまは平吉が三人の子の親であったが、彼は息子たちに蒔絵師になれと強要はしないという。

「上の倅は指物師《さしものし》になると決めたようですし」

彼の述懐は明世の身にも通じることであった。

「一度、平吉さんの蒔絵を見たいわ」

明世が言うと、平吉は照れくさそうにしながら袂《たもと》を探った。取り出したのは細長い袋で、

「こんなもので恥かしいのですが」

と明世に寄越した。開けてみると、中身は黒塗りの矢立てであった。筒の部分にすすきの穂と思われる蒔絵が施してあり、組紐のような図柄が見事なうえに朱と黄の配色が美しい。彼らしい繊細な意匠に明世は引き込まれた。

「蒔絵はあくまで文様ですから、絵のような深さは滅多に表われま

せん」

「大切に使われて味わいを増してゆくのが装飾でしょう」

飽きずに眺めている明世へ、平吉は微笑みながら、どうぞお使いください、とすすめた。

思わず修理のほうを見ると、彼は小さくうなずき、そうしなさいと言っている。

「でも、こんな高価なものを……」

明世は思ったが、平吉の明るい顔を見ると断わるのは却って失礼な気がした。

「少しもお気になさることはありません、手間賃はただのようなものですから」

彼はそう言った。ちょうど追加の酒と料理が運ばれてきて、明世は平吉に酌をしながら、礼の言葉を述べた。それから修理の盃も満たした。

「家ではこうして絵の話などできない、我が家の女たちの関心はその身を飾ることで、世の中のことも他人事にすぎない、ましてや絵など……」

修理はそんなことを言った。家人に対するあからさまな不満を聞くのははじめてで、明世は光岡の家風がよほど合わないらしいと察したものの、慰めの言葉は浮かばなかった。

「御蔵奉行ともあろう人が、いそいそと画塾へ通う気が知れないと言われる、それは分からないだろう、絵が分からないのだから」

彼は平吉に向かって、おまえは幸せだな、と言った。見るまでもなく平吉の一家は彼を中心に結びついている。彼の画家になる夢は潰《つい》えたが、蒔絵師としては成功し、そのうえ好きな絵も描き続けている。落ち着くところへ落ち着きながら、自由を忘れない平吉を修理は同じ男として羨んでいるようだった。

「女房も少しは絵が分かるようだし……」

「蒔絵師の女房ですから、まるで分からないようでは困ります、身の回りに筆やら色粉《いろふん》が散らばっていればどうしたって親しみを持つでしょうし」

「分かってくれればそれでいい、先生の奥方だって絵を描くわけじゃない」

修理が寧を話題にすると、平吉は先生のところは特別でしょう、と笑った。そもそも貧しい画家に嫁ぐような人が絵を嫌いなわけがないし、先生にしたところで、わざわざ分からない人をもらうはずがないという。それはそうに違いない。

明世は話の合間に酌をしながら、床の間の軸物に目をやった。誰が描いたものか、落款のない絵は白描の乱れ菊であった。花は白菊らしく、没骨の葉が引き立ててはいるが味わいがない。四君子のお手本のような数物《かずもの》であった。

「そろそろ絵を見せ合いましょうか」

彼女が言うと、平吉も待っていたのか、すぐに床の間の軸物を掛け替えに立っていった。

修理が声をかけて、はじめに掛けられたのは平吉の絵であった。小幅な絵は山水だが山らしいものは遠く微かに描かれているだけで、広い川のほとりに庵のような家居《いえい》がある。彼らしい繊細な筆は木立の枝ひとつ、木の葉一枚にいたるまで真の姿をとらえて乱れがない。明世は一目でそれがどこか分かった。

「これは有休舎ですね、それも建て増しをする以前の……」

「はい、いまは堤もいくらか太くなっています」

答えながら平吉も床の間へ目を向けている。一枚の絵を鑑賞するとき、実作者である彼らの目は鋭利な刃物と化して容赦がない。束の間、言葉は絶えてしまった。

「緊密でありながら、ゆったりしている」

やがて修理が評したが、明世もまったく同じ感想であった。実景なので親しみが湧くが、見知らぬ人が見ても違和感は持たないだろう。この国のどこかにあると思わせる景色で、ありふれた日常が見るものの心を落ち着かせる。堤の道には点々と人影が見えて、幾人か固まっているのが自分たちであろうかと明世は思い合わせた。

「気取りがなく穏やかで、いまの平吉さんそのもののようです」

絵の中に憩う自分に気付いて明世は溜息をついたが、続いて自分の絵が掛けられると急に胸が波立つのを感じた。多少の自信はあったはずが、平吉の絵と比べるとどうしても乱暴な気がしたのである。久しい歳月、目を肥やしてきたであろう男たちが何と言うか、計り知れなかった。

「竹と萩がお互いを消してしまうはずが、この絵はどちらも生きています、優れた構図のせいでしょうか、不思議です」

「それもあるが、やはり筆の冴えだろう、萩に食われてしまう竹ではないし、萩もまた食われない」

修理も平吉も世辞ではなく大胆な調和に驚いたらしい。彼らの批評は寛大であった。

「次はおれの番か」

ややあって修理が言い、平吉が絵を掛け替えると、現われたのは三本の葱《ねぎ》であった。しかも逆さである。咄嗟に批評は慎重にしなければならないと思いながら、明世は息を凝らして見入った。

「こうすると少しはよく見えるだろう、これも修理、あれも修理で、まともなものはひとつもない」

彼は自分で自分の絵を茶化したが、葱には命の艶《つや》があって生きていそうであった。

対象が別のものであったなら、どんな絵になることか。明世は男の軽口を支える底知れない力を見せられた気がした。彼の研ぎ澄まされた感性は南画という枠には納まり切らないのだろう、だから異端で通すしかない。

「おれの絵は売れぬだろうな」

いつだったかそう言った男の苦悩が、明世はいまになって分かる気がした。あのころから、彼は自分の絵がいまの世に受け入れられないと知っていたのかもしれない。

「いや、まいりましたな」

長い沈黙のあとの平吉の呟きがすべてを語っていた。彼もまた修理の絵に秘められた真価を見抜いたに違いない。それなのに修理ははにかみながら、戯《たわむ》れを言った。

「先生にお見せしたら、また叱られる、どうして逆さにする、直しなさい、とな」

「まさか、それで本当に修理とおっしゃるのではないでしょうね」

平吉の相槌に彼らは顔を見合わせて笑った。

そのとき店の女将《おかみ》らしい人がきて挨拶をした。四十年配の、所作のゆったりとした物怖《お》じしない人であった。そろそろ刻限でございます、と彼女は言い、男たちに残りの酒を注いで去ってゆくと、弾むように楽しいときは終わりを告げて、明世は絵の感想を言いそびれてしまった。

「次は葦秋先生もお招きしよう」

彼らはまた集うことを約束したが、いつとは誰も言えなかった。

店を出ると、月明かりが路地を照らして提灯はいらないほどであった。表通りへ出たところで平吉が別れて、家のある八幡町《やはたちょう》へ帰ってゆくと、順之助が言ったように明世は修理に送ってもらう形になった。通りにはまだ店の明かりも人影もあったが、修理と歩くのは却って落ち着かなかった。

「実はあなたが来る前に平吉と話していたのですが、一度本当に書画会を開いてみませんか、もちろん先生に相談してからですが……」

道の端を歩きながら、修理は今度いつ会えるかと訊ねた。

「有休舎で待ち合わせてもいいのですが、これから川の堤は寒くなるでしょう」

「それはかまいませんが、夕刻に家を空けられるかどうか」

そう口にしてから、明世は軽はずみな言葉に気付いてはっとした。軽薄な口を繕うかわりに、彼女は気持ちを変えて話した。

「そういえば葦秋先生も御酒を召し上がるのですね、いつぞや失礼したお返しに、葱の絵をお見せしたら喜ぶでしょう」

「あんなものは、いくら描いても無駄です」

修理はそこでも自分の絵を否定した。才能を衒《てら》わないのはむかしからだが、人より優れたものがある以上、彼には彼のすすむべき道があるはずであった。南画として成り立たない絵なら、修理派とでも名付ければいい。

「先生は何とおっしゃいまして？　ご自分の道を切り開けとは言いませんか」

彼は否定もしないかわり、肯定もしなかった。

「どのみち蔵奉行が画家にはなれません、平吉が生業《なりわい》のかたわら絵を描くのとは違います」

「そうでしょうか、高名な画家は武家がほとんどです」

「同じ武家でも自由な人たちです、画家になるために絵をはじめた人は少ないでしょう、理想の生き方を求め、それを表わすために描く、平たく言えばやはり自由のためです、そして、その絵も思想も世人に受け入れられてきました、しかし、わたくしの絵には人に訴えるものがありません」

「描きたいものを感じるままに描くだけではいけないのですか」

「葱を描くことに何の意味がありますか」

「一本の竹、一朶《いちだ》の梅と同じことです、分かる人には分かります」

「書画会で試してみますか」

話はそこへ戻り、いずれにしても一度先生に相談してみる、と修理は言った。本当に書画会を開くとなると相応の準備がいる。実現すれば彼も絵を揃えるだろうが、明世はそこで何かしら結論を出そうとしている男を感じると、諸手《もろて》を挙げて喜ぶ気にはなれなかった。彼の悩みが絵そのものにあるのか、生き方にあるのか、分からなかった。

やがて紺屋町の通りを地福院の近くまできたとき、修理は急に立ち止まり、

「次の十日、堤のどこかにいます」

そう告げて引き返していった。明世は見送りながら、そのときになって男にひどい回り道をさせたことに気付いた。光岡家は鷹匠町《たかじょうちょう》にあって天神町とは別の方角にある。彼女は追いかけて何か話しかけたい気持ちだったが、詫びればよいのか礼を言えばよいのか分からなかった。


朝から音もなく雨の降り続く一日、明世は台所の片隅で、綴じ紙に

描きためた写生から気に入ったものを選んでは和画仙に写していった。一日のはじめに雨を見ると、以前なら気が沈み、何もする気がしなくなったものだが、いまは恵みの雨に思える。それでなくても秋の日は短く、一刻一刻が貴重に感じられるのは気持ちが充実しているからであった。

「五十川」で修理と平吉に会ってから、彼女は自分ひとりがのんびりとしてはいられないと思うようになった。同じ南画でもまったく違う彼らの絵は刺激になったし、絵というものの可能性も教えられた気がする。どうしてか修理は自分の絵をけなしたが、あれはあれで優れていると認めなければならない。彼女の感性をつついただけでも一枚の絵は絵として成立しているのだし、万人の目に訴えようとするほうがおかしいのだと思う。自分も、もっともっと清新な絵を描きたい。不思議なことに絵に集中すればするほど、彼女は家のことが苦にならなくなっていた。すすんで畑へ出るのも、病人を厠へ連れてゆくのも、すべては絵を描くときを作るためである。動き回り身嗜《みだしな》みが乱れても、その都度かまってはいられない。人目が何だろう、髪など飾らなくても生きてゆける。思い切って簪《かんざし》や笄《こうがい》を処分し、紙と顔料にかえてしまうと、よほど豊かな心地がした。

「もう夕餉の支度ですか」

久し振りに晴れた朝方、食後に台所で煮物をする母親を見て、順之助は呆れた顔をした。いまは空地の畑に秋茄子が生《な》っていて、漬物を作るのも忙しい。蔕《へた》の棘が指に刺さると、彼女は痛みに眉を寄せて順之助にもちくりと言った。

「女の手は案外丈夫なものね、大砲に棘はないでしょう」

変わったことを言う母に馴れているのか、彼は苦笑して出かけてゆく。そでは一日の大半を寝床で暮らし、順之助は外で過ごすから、日中彼女はひとりも同然であった。絵を描くために朝から働き、絵を描くときがくれば幸せであった。

そでは日がな一日、何をするでもなく痛む膝《ひざ》や腰を擦《さす》っている。病人の性《さが》で、命の先を案じながら、晩秋の寒さから身を守るのが彼女の日課であった。それでもときどき声を上げるが、独り言のようで長くは続かない。やがて静寂が訪れ、白紙に向かうとき、明世は誰にも見せたことのない不屈な顔になって、誰よりも孤独になった。

そうして日に一度訪れる深い孤独のときを、彼女は生きた心地として捉えていた。いつもそうだが二度と同じには表われない墨の色や滲《にじ》みを見ると、心の底から震えるような気がする。そういう生まれ性なのだろう、墨の魔法に浸るほどの至福を味わったことがない。気を張りつめて筆を動かす間が幸福の頂点にあるから、出来上がった絵に裏切られて落ち込むこともあれば、声を張り上げたくもなった。

その日も午後のひととき、台所に毛氈を敷いて墨をするうち、明世はふと絵を描くことにだけ夢中になっていた少女のころを思い出し、いつまでも変わらないものだと思った。十四のときも三十六のいまも、していることは同じであった。たとえ六十になっても描いているだろう。人が見たら後家のがんばりと笑うだろうが、生きた心地が味わえるなら幾歳《いくつ》だろうと淋しいことはない。

葦秋に出会い、南画に出会ったときから、絵のない人生のあるはずがなかった。父にたわけと否定され、夫に無視されても、絵が生きてゆく支えであった。頼る家も人もなくなり、頼られる立場になってからは、なおさらである。自分ひとりを支えられずに人を支えられるはずがないのだった。否応なく人も家も暮らしもつきまとってくるから、絵に没頭できる間が救いであった。

いつのころからか彼女はそういう柵《しがらみ》を持たない葦秋を羨み、師であることとは別の意味で敬うようになった。どうして彼にできることが自分にはできないものか。僅か一刻のために駆けずり回る女に比べ、彼は一生をかけて絵とともに歩んでいる。何という違いだろうかと思う。

墨をすり終えると、彼女は二十余本の筆を並べて眺めた。筆はそのほかに矢立てに入れてある小筆や刷毛《はけ》もある。硯が二つ、顔料が十五色、書体の異なる雅印が三つ、文鎮、絵皿、筆洗い、それらが彼女の宝であった。あとは好きな紙が手に入れば言うことはない。絵に生きて、絵に終われば本望である。孤独なときこそ本当の喜びに満たされてゆく。そんな女だから、人並みの幸福から遠ざかるのも業《ごう》であった。

毛氈に白紙を置くと、明世は並べた筆の中から最も使い馴れた筆を手にした。綴じ紙に写生した水草はもう頭の中に刻まれている。水は澄み、しかも浅瀬であることを表わす工夫をしなければならない。彼女は白紙を睨み、情景の甦るのを待ちながら、いつもの不屈な顔になっていった。

同じ台所にいながら、そうするだけで心は日常の些事から解放されてゆく。音の絶えて何も聞こえない一刻が過ぎると、綴じ紙の写生は生まれ変わった瑞々しさで白紙の上に現われた。水草は透明な水にたゆたい、そこに浅瀬の流れが見えると、絵は生々しく立ってきて、明世の胸は譬《たと》えようのない喜びに溢れた。孤独が充足に変わる瞬間であった。彼女は墨が乾き切るのを待ち兼ねて落款した。清秋という名もない画家が台所で描いた絵は、いずれどこかの襖《ふすま》の下張りになるのが落ちかもしれない。

「それでも生まれたことには違いない」

彼女は呟いて、いまは命を得て輝く絵を眺めずにはいられなかった。

彼女の思いに絵は正直に応えてくれる。筆を洗い、片付けをする間も、明世は目をとめて、どんな柄の裂《きれ》が似合うだろうかと思い巡らした。軸装したところで売れる当てがあるわけではないが、姿を調えてやるのは子にそそぐ愛情に似ていた。

二十年も描いてきて、彼女の絵はまだ売れたためしがない。南画は隆盛だと聞くが、城下ではそれらしい風潮は見られなかった。それどころか文人墨客の集《つど》いもない。時勢が時勢だから家中は南画どころではないのだろうが、一幅《いっぷく》の絵を楽しむ余裕もなくて何ができるだろう。明世は手前勝手に思ったが、まんざら的を外れているとも思えなかった。

おそらく江戸や上方では南画の隆盛は変わらないのだろう。だが、それにしては文晁や杏所《きようしよ》や崋山《かざん》が亡くなり、そして椿椿山《つばきちんざん》が逝ってからというもの、続く人の名声を聞かないのはどうしたことだろうか。平吉が話していた画家も、すでにこの世の人ではない。絵だけが普及して傑出した人がいないのであれば、それこそ岡村葦秋の名が続いてもよさそうなものだが、彼は隠棲を決め込んでいる。彼のもとには、いまも若く貧しい弟子たちが集まるだけであった。

（先生は欲がないのだから……）

物思いの縁《ふち》から立ち上がると、明世はそでを厠へ連れてゆくために彼女の部屋へ行った。しばらく捨て置かれた老女は薄日の当たる床の上に起きていて、明世を見ると時刻を知るようだった。

「手水なら、まだ使いたくありません」

「頻繁にするのが痛風にはよいそうです」

彼女は後ろからそでを抱いて促した。ゆかなければ小半刻後にゆくことになるだけであった。そでは仕方なく立って歩きながら、そのうち厠で寝ることになる、と言うことも決まっていた。

そでのために茶を淹れてから、町医者を訪ねて薬をもらい、干物屋で鰹節を買って家へ戻ると夕刻であった。洗濯物を片付け、米を研ぎ、竈《かまど》に火を入れるころ、ようやく順之助が帰宅して台所へ挨拶にくる。出かけるときも帰るときも台所にいる母を見て、彼は内証の苦しさを実感するのか、

「薪《まき》でも割りましょうか」

と言う。

「ここはいいから着替えなさい」

明世は吐息をつく暇もなかった。

一日は矢のように過ぎてゆくのに、この一月はひどく長く感じられて、ようやく九日の夜がくると急に胸が騒いで落ち着かなかった。明日は晴れるだろうかとか、時刻を決めておくのだったとか、考えても仕方のないことに気がゆき、無理に気を変えようとして眠りそこねた。一度しくじると、どうにでもなれとむかしを思い出しては切れ切れの情景に遊んだり沈んだりした。目が冴えてとても眠れそうにないと観念してから間もなく、皮肉なことに眠りに落ちていった。

一夜明けると、晴れて美しい日だった。空が染めたような青さに張りつめていて、矢でも射れば落ちずに消えてしまいそうであった。

朝から忙しく働き、昼には思ひ川へ出かけてゆくと、修理は石段からほど近い土手に腰を下ろして川の眺めを写していた。川岸に近いところに釣人のものらしい小舟が出ていて、それを写しているらしい。土手にはもうすすきが群れていて、注意していなければ見過ごしそうなところに彼はいた。明世は立ち止まり、むかしそうしたように彼の後ろ姿を描こうとして思い直した。

「そのようなところにいらして、寒くはございませんか」

彼女の声に修理は振り向いて笑った。かなり前からそうして待っていたとみえる。道へ上がってくると笑顔が凍えて見えた。

「いや、つい夢中になりました」

「川はそのときの空の色や日差しで表情が変わりますから、幾度描いても飽きませんでしょう」

彼女は自分も、あれから水草の絵を仕上げたと話した。修理は聞きながら、川の流れるほうへ足をすすめた。昼下がりのことで堤に子供たちの姿は見えなかったが、どこかで二人を見る人がいたら絵を描きにきたと思ってもらうのが無難であった。明世は綴じ紙と矢立てを手に持ったまま、やはりそうしている修理のあとから歩いていった。

季節のせいか、下宮の渡し場は閑散として、船頭が二人、床几《しょうぎ》に腰掛けて弁当を使っているだけであった。客はなく、舟は桟橋の両側にもやってある。修理についてゆくと、船頭のひとりが立ってきて、渡りますか、と訊ねた。

「絵を描く間、川の真中で止められるか」

「はい、渡しですので長くは困りますが……」

「どうします、行ってみますか」

明世は絵心を誘われてうなずいた。川へ出るのも、男と舟に乗るのもはじめてだが、同時にこれが最後だろうという気がした。川の真中に止まるという趣向にも興をそそられていた。

川の上から見る空はいっそう広々として、川面は日差しにきらめいている。舟が流れへ滑り出すと、修理は物静かに話しかけてきた。幾日か前に葦秋に会って書画会のことを相談したが、気乗りのしないようすだったという。愛弟子《まな》三人の絵がまとまるのは楽しみだが、自分は遠慮しようと言った。消極的なうえに先生はご自身が加わることで絵の売れ筋が偏るのを心配している、と修理は話した。師弟で書画会を開けば師の絵が売れるのは当然である。それより岡村葦秋の名がなければ書画会が成り立つかどうかすら怪しい。彼はそう言ってみたが、やるなら思い切って三人でやりなさい、というのが葦秋の返事であった。

「今日明日の米にも困っているというのに……」

「それは本当ですか」

明世は驚いて聞き返した。葦秋の貧しさは承知だが、それほど困窮しているとは思わなかった。

「もう何年になるでしょうか、ご実家の援助が途切れて以来、きゅうきゅうとしています、それなのにご実兄の多志摩さまに遠慮して書画会もやらない、征長だ警固だと、いつ幕命で出兵するか知れないときに、弟が書画会では船奉行の立場がないということのようです」

「では、書画会は先生のために?」

「それもあります、われわれが言い出さないことには先生は何もしませんから、画家が絵を売って悪いことはないでしょうに……」

修理は川面に目をやりながら、誰にも遠慮することはないのだと言った。けれども、そこにはやはり時勢という太い流れがあって、葦秋は逆らい難いことを承知しているのかもしれなかった。

「世の中は本当に書画会どころではないのかもしれませんね」

明世は言ったあとで暗い気持ちになった。

絵とともに自由に生きているようで、葦秋にも柵《しがらみ》はあるらしかった。

岡村多志摩は死んだ父の知人であったから、明世は父の口から彼の名を幾度か聞いたことがある。多志摩自身も絵筆を持つ人で、南画にも画塾にも深い理解があるはずであった。それが葦秋への援助を打ち切り、葦秋が書画会を開くことすら彼の立場を危うくするというのだから、他人事とは思えなかった。若くして家を出た葦秋と多志摩の関係は、明世と帰一の関係でもある。しかも明世は馬島という家中の嫁であった。彼女のすることが帰一や順之助の立場に影響しないとは言い切れないだろう。

それだけ藩内の情勢も込み入って、男たちはお互いの身辺に敏感になっているのかもしれなかった。多志摩の援助打ち切りは単なる家の都合としても、葦秋が弟であることに変わりはない。少なくとも世間はそう見るだろう。同じ状況が自分にも当てはまることに気付くと、明世はまたしても狭い世間のために躓きそうになる不安を感じて溜息をついた。描きたいときに絵を描いて何が悪いものか、そう思う一方で、自分を取り巻く現実から目をそむけて生きるわけにもゆかない。見る人が見れば、攘夷だ征長だというときに絵のことばかり考えているほうがおかしいのだった。

だからといって世間の都合に合わせる気にもなれない。彼女は絵に打ち込むときの不屈さとは別の、強情で道理の分からない娘の顔になって修理を見た。彼にしたところで家中としての立場があるだろうに、修理は思うところへ向かおうとしているようであった。書画会は恩師のためであり、彼自身のためでもある。明世はひとりでも彼女に近い男のいることに救われる気がした。絵がなければ生きられない女の内側を分かる人もほかにいないだろう。

「商人にしたところで書画会を楽しむゆとりがありますかどうか」

「それはありますよ、彼らは上手に頭を下げながら、われわれよりもしたたかですし、きちんとしたものに使う金は惜しみませんから」

ともかく来春を目処《めど》に準備だけはすすめましょう、と修理は前向きだった。

案外な速さで川の中ほどへ差しかかると、舟は静かに向きを変えていった。船頭が舳《みよし》を川上に据えて、このあたりでどうかと言っている。秋晴れの鮮やかな眺めに言葉を忘れて見入りながら、明世はわけの分からない、どこか波間にたゆたうような危うさに心まで揺られていたが、するうち無意識に綴じ紙を開いた。雨のあとでもないのに頭上から降りそそぐ陽が澄み切っていて、川の上は見晴らしがいい。川面は光を弾き、堤のすすきは濡れたように輝いている。舳のほうへ首を回すと川上に有休舎の屋根が見えて、小物細工でも眺めるようであった。

「いまのうちにどうぞ」

船頭に促されるより早く、矢立てから筆を取り出すと、沈みかけた気持ちが切り替わるのが分かった。気の滅入るとき何気なく髪のものに手をのばすのが女なら、彼女は墨の匂いに慰められた。

修理はすぐに対象を見つけたらしく、視線は彼女の前を通り過ぎて有休舎のあたりへそそがれている。明世は無理なく眺められる渡し場を写生した。渡し場の右手には堤を隔ててくっきりと城が見えている。白壁が空の色に映えて美しいが、城を写すのは禁じられているので、彼女はないものとして描いた。無言で筆を動かす間、舟は巧みに操られ、水の上にいることすら忘れてしまった。

悪い癖で、いったん描き出すと周りが目に入らなくなる。多少舟が揺れても、男に見つめられても、絵の対象以外のものに気が回らない。描くうちに気持ちが絵の中にのめり込んでしまう。墨という魔物に取り憑かれた女を夢から現実に引き戻すのは物音か声であった。

「もしも春がむつかしいようなら秋でもかまいません、先生にはまた話してみます」

修理の声に明世はようやくときの過ぎたことに気付いた。彼の手に筆はなく、綴じ紙は膝に置かれている。諦めて、彼女も仕舞いにした。

「ですが、さきほどのお話からして無理におすすめするのはどうでしょうか、先生には先生のお考えもあるでしょうし」

「ええ、それはもちろん」

「それに……」

と彼女は思い切って、家中でもない葦秋がためらうことを蔵奉行の彼がやって差し障りはないのかと訊ねた。

「差し障りがあるなら、人にすすめたりはしません、書画会を開いて悪いという法はありません」

「平吉さんはどうでしょう」

「むろんやりたいと言っています、本当でしょう」

修理は淡々と言ってから、あなたはどうなのかと訊ねた。その目に一途なものを感じると、彼女の心は敏感に動いた。気がかりが消えたわけではないが、彼の熱意を裏切ることはできないと思った。断われば彼ばかりか自分も失望するだろう。

舟は向きを変えながら、いくらか川下へ流されたが、すぐに立て直して渡し場へ引き返していった。舳が水を切り、そこから波が現われ、船縁《ふなべり》から遠退いてゆくのを明世は眺めていた。

「先生と三人の絵を並べてみるだけでも楽しいでしょうね」

「その値打ちはあります」

「やらずに悔やむのは、もうたくさん」

修理にはそう言ったものの、やはり世間の目や家のことが気になっている。といって、絵から離れられるものでもない。書画会は彼女にとってもひとつの夢であり、それに向かって絵を描く日々は充実するはずである。同門の三人がひとつの目標に向かって、それぞれに白紙に向かう姿を想像するのは楽しかった。修理も自身の絵の真価を問うつもりだろう。

同い歳の男がそういう節目にあるなら、女の自分はなおさらであった。これまでいいことの起こらなかった分だけ、これから本当の人生がはじまるのだという気もする。今日まで自分の意志で決めたことがひとつでもあっただろうかと彼女は思い巡らした。結婚も子の誕生も、夫の死とその後の窮状も与えられた運命に過ぎない。望み通り嫁にも行かず、画家になっていたなら、いまごろはまったく違う自分がいたに違いない。葦秋よりも貧しく、孤独で、しかし世間に煩わされることもない。心の趣くままに絵筆をとれるなら、食べるための苦労など何だろう。身を横たえる家と小さな畑があれば、女ひとりの命をつなぐぐらいの自信はあるのだった。

あれから歩いてきた道は、武家の、それも高禄の家に生まれたために辿らされた、彼女には味気ない道であった。いまも一日一刻の自由にしがみついて、どうにか生きている。その一刻の遣り繰りに追われ、結局は姑と子のために働く。そでを厠へ連れてゆくのが厭なのではなく、それやこれやで満足に絵の描けない一日が厭であった。ひとりなら貧しさもひとり分だが、守る家があるために貧しさは敵であった。金のかかる病もそうである。家族が患えば、女中のいない家では看病も女の肩にかかってくる。安らぐための家が、どうしてか彼女には枷《かせ》としてつきまとってきた。

そんな家ならいらない。「五十川」で修理と平吉に会ったとき、明世はいつになく心の休らいを覚えて、どうせなら彼らが家族ならいいと思ったほどである。

今日もこうして修理といると、十八年も会わずにきたとは思えない自然の成りゆきを感じる。男との間にも絵があるから感情を交わすことが苦にならない。男は部屋住みだったころと中身は変わらなく見えたし、彼女の本質も変わってはいなかった。お互いを取り巻く環境が変わり、却って実像の見えた気がするのは男も同じだろう。

明世にとって、絵の分かる人といるほど落ち着くこともない。いまも彼と同じ波に揺られる心地よさを感じる。十四のときから知っている気安さのせいか、川の上に男といる後ろめたさは思わなかった。どこかふわふわとしている自分を感じながら、それも絵の話に心が弾むからだろうと思った。会えば縮まってゆく修理との距離を不安に思うどころか、いっそのこと彼に順之助の烏帽子親を頼むのだったと思い付くと、家の外に頼る人のいることにほっとしたものである。

どのみち家も国も男たちが守り継いでゆくのだから、世間や世相に惑わされずに思い切り絵を描きたい。どういう形であれ書画会の結果は大きな意味を持つだろう。あとのことは折々考えるしかない。そう決めると気が楽になった。明日のことなど男たちにすら分からないのだから。

「今日正しいことが明日は罪になりかねない、日和見で通すことです」

　そう言った帰一と、

「もうおのれを恃むしかない、好きにしなさい」

　父の遺した言葉の違いはどうだろう。あれは家族を抱えて生きてゆく人間と、ようやく家から解放された人間の違いでもあろうかと思った。どちらが正しいのかは分からない。ただ従うのなら父の言葉だろうと思う。人の死に際の思いを無視するのは、それだけで気が咎める。思う間に、舟は下宮の渡しへ近付いていた。桟橋に舟を待つ人影が見えている。顔を戻すと、

「次は、いつ」

　と不意に修理が訊ねた。舟を降りれば、堤の道を戻り、別れるだけであった。明世は答えかねて何気なく髪に手をやった。あるはずのな

い簪に触れようとして、淋しい髪にはっとしながら、今日までの運の悪さを思い合わせた。思い切らなければ窮屈な暮らしは変わらないところまで来ている。

「雪が降ったら、二羽の鴉《からす》を描きましょうか」

彼女は気を静めて言いながら、ほんの少しだけ男に寄りかかりたい思いに駆られていた。

住み馴れたものの、粗末な家は木枯らしや雪に傷むのか、春になり雨に濡れると外側からも饐《す》えた臭いがする。家の中は順之助が成長するに従い狭く感じられて、いまは誰よりも当人が窮屈そうにしている。

朝餉のあと身支度をして出仕する息子を見送りながら、明世はその姿に長かった十四年を眺める思いがした。よくここまで漕ぎつけたとも思うし、まだこれからだとも思う。もっとも彼女にはつらく味気なかった歳月も、前向きに生きてきた子供にとってはどうということのない長さで、振り返るほどの悔いもないに違いない。

彼は城勤めにも馴れて、登城するのが楽しくて仕方のないようすだった。細い体に亡父の羽織袴の仕立て直しがよく似合い、差料《さしりょう》もどうにか腰に落ち着くようになった。

大変もなく冬が去り、年が明けた慶応二年の正月、帰一の都合もあって善は急げとばかりに元服式が行なわれた。彼が烏帽子親となって前髪を落とし、名乗りは祖父と烏帽子親からそれぞれ一字をもらい、林一《りんいち》とした。末高からはいせとまきも祝いに参じた。

「これでひとつ肩の荷が下りましたね、これからさきはよくなるばかりでしょう」

といせはそでに労《ねぎら》いを言った。その日一日、そでは朝から起きていて、むかしに還ったように凜としていた。いせの言葉にも、お蔭さまで馬島も甦ります、と丁寧に辞儀を返した。女子同士だからか、過ぎた歳月のせいか、そのむかし明世の身の振り方を巡って争った凝りは二人の間にはもう見られなかった。

まきは襖を払っても狭い家のようすに驚き、屋敷で会う義姉と家にいる彼女を見比べているふうだった。その目で零落を見て、屋敷のありがたさを実感したことだろう。明世は床の間に指墨の竹を飾っていたが、気がついたのはいせひとりのようであった。強情な娘と自身の悔いを思い出すのか、彼女は絵については何も語らなかった。娘の絵を楽しむことはこれからもないだろう。

式のあと心ばかりの持て成しをしながら、明世はそれとなく書画会のことを話そうとしたが、返ってくる言葉を恐れて言わずじまいであった。

藩から林一の出仕について正式な沙汰があったのは、それから一月後のことである。御目見《おめみえ》と同時に願い出た家禄の復旧は見送られ、彼は小姓組の見習いとして召し出された。家禄については改めて沙汰するということで、予想した通り迅速な処理は望めなかった。

林一は教武場で砲術師範の助手になることを望んでいたが、まだ若く経験もないことを理由に師範から断わられたらしい。そう聞いたとき明世はむしろほっとした。それでなくても渾沌として向かうところの分からないときに、砲術などに関っていたら、まっさきに戦《いくさ》に駆り出されるだろう。

冬の間に幕命が下り、三十余藩に征長への出兵が課せられたと知ったのは、年が明けてからである。幸運なことに藩は再び征長軍に加わらずに済んだが、将軍はまだ大坂にいて戦はこれからだという。長州との折衝が難航していることは過ぎた月日が語っているし、そもそも再征に疑問を持つ諸藩の中には出兵を拒む動きもあるらしい。たとえ出兵したとしても御座成《おざな》りに戦うのではないかとも言われている。どこも財政難でそれどころではないのだった。その実感は明世にもあって、米価が急騰し、暮らしはきつくなる一方であった。

「母上は何があっても絵を描くのですね、わたくしは腹が空いては何もできません」

「絵でお腹は満たせませんけど、食べるだけでも生きてゆけませんから」

「食べなければ、ろくなことはできませんよ」

林一の言葉にも真実があって、明世は彼には十分に食べさせているつもりだが、食べたはしから消化してしまう若い体には物足りないのだろう。

「粥《かゆ》でも汁でも、とにかく腹がいっぱいになればいい」

彼はそう言った。ただ生きてゆくだけでも体力のいる年頃で、明世が大根や芋幹《いもがら》を入れた粥を作ると、少量の飯よりも好んで食した。こんなもの、とへそを曲げるそでの前で旺盛な食欲を披露すると、老女は渋々箸をつけた。

「林一がお役目に就いたというのに、どうしてこんなことになるのか」

そでは憤慨し、明世は自分が悪いわけでもないのに謝るしかなかった。家に生きる女に現実の世の中を分からせるのは困難であった。

「帰ったら、今日は畑を手伝いましょうか」

その朝も、林一は朝餉を終えると、手際よく身支度をして出かけていった。

昼過ぎ、明世は大工町の経師屋《きょうじや》へ向かった。書画会のためにいくつか絵の軸装を頼んである。表装は自分でできないこともないが、糊も腕も違って本職にはかなわない。人手に渡るかもしれないのだから、それなりに手をかけてやるのがこちらの礼儀かと考え、職人に任せることにした。もっとも裂《きれ》は自分で選び、ひとつひとつ着物を着せるような思いで絵に合わせた。

書画会は晩春に「五十川」を借りて開くことになり、修理と平吉が準備をすすめているが、葦秋はやはり加わらないという。去年の暮れに訪ねたときも、彼は気持ちは変わらないといい、逆に励ましてくれた。たとえ一点でも売れれば画家として立つことになる。これまで以上に清秋という名に自分を感じるだろうし、責任も持たなければならない。そう言ってから、いつものように明世の持参した絵を眺めた。

絵は秋に川の上から見た下宮の渡しであった。

「この絵には何かしら思いが漂っている」

彼はしばらく見入ったあとで言い、明世はどきりとしたが、これも書画会に出すといいと言われてほっとした。賛は清秋の二文字のみで、そのまま画題ととれなくもない。

話の合間に寧が白湯《さゆ》をすすめた。暮らしは目に見えてひどくなり、弟子も減ったというのに、先ゆきを案じて鬱《ふさ》ぐようすはなかった。葦秋が葦秋なら寧も寧で腹が据わっているのだった。明世は二人の暮らしに立ち入る隙のなさを感じたが、その後も米は高くなるばかりであったから弟子として案じないわけにもゆかなかった。

絵を売るといっても、大家でもないかぎり一両には届かず、かなり名が知れて一分か二分であったから、画家の暮らしにはどうしても貧しさがつきまとう。野に下ればなおさらで、妻帯しても妻が内証の苦しさを庇うことになり、葦秋と寧のように埋もれてゆくのが落ちであった。

彼らに比べれば遥かに豊かなはずが、馬島にゆとりがないのはなぜだろうかと思った。三十石は小禄だが一家三人が食べられないことはない。やはり物が高くなりすぎたためだとしたら、そんなときに売れるかどうか分からない絵を表装するのは馬鹿げている。けれども、そういう心の張りがなくてどうして生きてゆけるだろう。日差しの暖かくなった道を歩きながら、明世は久し振りの楽しみに心が弾むかたわら、また痩せたであろう葦秋の顔を思い浮かべていた。

経師屋は大工町の横町に何軒か並んでいる。彼女のゆく店は小さく、中に入ってすぐの板敷きに形ばかりの帳場があって、低い箪笥《たんす》と飾り棚で仕切られた向こう側はもう仕事場であった。帳場にはいつも主人の老人が座っている。頼んでいた軸物ができたろうかと訊ねると、二つはできているという返事であった。彼は立ってゆくと、すぐに桐箱を運んできた。

「こちらは裂が絵によく馴染んでおります」

明世の前に真新しい巻軸を広げてそう言った。自ら裂を選んだ客への世辞もあったろう。明世は書画会の客になったつもりで眺めた。裂は畳べりに似た緑の銀杏《いちょう》文様で、水草の絵によく似合っている。軸物には見かけない裂だが、絵を壊さないし、どこの床の間に掛けても落ち着くだろうと思った。裂の肌触りも好みであった。

「けっこうです、仕上がりもいいようですし」

彼女は言い、主人が丁寧に巻いてゆくのを眺め直した。自画自賛ほど無意味なこともないと思うが、ひとつはいいものができたという気がする。

もう一方の絵は下宮の渡しで、それには思い切って「菊に十」の小紋を合わせていた。小紋は着物にすれば美しいが、軸物にすると品の良さ、悪さが紙一重であった。彼女は迷いながらそれに決めてしまったせいか、

「こちらは裂が絵を引き立てるようで……」

果たして主人の言うようには見えなかった。

「絵が埋もれて見えませんか」

「それは小紋に目をとられるからでしょう、掛けてみればさほど気になりません」

ちょっと遠目にご覧になってみますか、と主人は立ち上がって帳場のかたわらの壁に掛けてみせた。なるほどそうして見ると小紋の柄が消えて絵が引き立ってくる。明世が眺めていると、

「付かぬことをうかがいますが、あの絵はどちらでお求めになられましたか」

と主人が訊ねた。

「清秋という名は聞きませんが、江戸のお人ですかね、どこか懐かしい感じのする絵です」

明世は喉元《のどもと》をくすぐられて答えた。

「縁があって手に入れましたが無名の画家でしょう、南画に興味がおありですか」

「商いが商いですから自然と絵を楽しむようになりましてね、道楽でいくつか持っております」

お急ぎでなければご覧に入れましょうかと言って、彼は奥へ立っていった。

それは思いも寄らない画家との出会いであった。

手垢のついた小振りの桐箱から主人が取り出したのは古い軸物で、画帖を広げたほどの紙には蓮池《はすいけ》に憩う二羽の鴛鴦《おしどり》が描かれている。穏やかな浮葉のようすも、そこに休む鴛鴦の姿も、繊細な線で描《えが》かれ、彩色も上品である。筆遣いが針のように鋭く、秀麗な趣がある。賛は細く柔らかな行書で「翠軒《すいけん》」とあり、一目で書にも秀でた人と分かるが、押印は潰れたか掠《かす》れたかしてはっきりと読めない。洗練された床《ゆか》しさに明世は見とれた。

「見事なものです、立原杏所《たちはらきょうしょ》ですね」

しばらくして上気した顔を上げると、主人は微笑を浮かべながら、さあ、と言った。

「本物かどうか分かりませんが、杏所風には違いありません」

「間違いないでしょう、翠軒とありますし、画風も聞いている通りのものです」

「なあに、杏所でなくてもいいのです、わたしはこの絵がとても好きでしてね、相性がいいとでもいうのか、眺めているだけで幸せな気分になれます、巡り巡って経師屋の手に入るくらいですから、値もたいしたことはございません」

「でも、宝物ですか」

「はい、死ぬまで手放しません」

「そのように大切にしてもらえたら、絵も画家も幸せでしょうね」

一枚の絵に対する老人の執着を明世は快く受けとめた。杏所が水戸藩の人で、花鳥や真景図《しんけいず》をよく描いたくらいのことは画家なら誰でも知っている。が、その一枚を土地の経師屋で見られるとは思ってもみなかった。杏所でなくてもいい、と言った主人の言葉に嘘はないだろう。彼は絵に親しむものの興味から、女がどこまで見抜けるか試したに違いない。翠軒は杏所の父親の号である。

「それにしても垢抜けて気持ちが透き通るようです」

明世は呟いて眺め直した。真贋《しんがん》を問うより優れた絵の魅力に引きつけられて、その本質に迫ろうとした。贋作なら贋作でかまわないし、蓮池も鴛鴦も写生だろうと思った。力は及ばないまでも絵に対する姿勢には通じるものがあって、負けられない気がする。興奮を隠さない彼女の顔に主人も満足そうであった。

「お茶でも差し上げましょう、ゆっくりご覧くださいまし」

そう言った主人の声は聞こえたが、明世はもう聞いていなかった。

彼女はなおも見入りながら、美しいものに触れる喜びに満たされていった。葦秋の指墨を見たときもそうだが、そこから目を離せなくなる。ときを忘れて見るうち、何か言う主人の声が聞こえてはっとしたが言葉が分からない。彼女は顔を上げたものの、経師屋にいることすら忘れていた。

「とてもよいものを拝見いたしました、ありがとうございます」

どうにか言って頭を下げると、じっと待っていた主人の体からも力が抜けたようだった。明世は身を引いて、いつからそこにあるのか茶をいただいた。いつもそうだが優れた絵に出会うと我を忘れてしまう。興奮のあとには新しい、荒々しい血が流れる気がして居たたまれなくなる。冷めた茶が喉を通ると、ようやく落ち着いた。

「またご覧になりたければ、そうおっしゃってくださいまし、いつでもお目にかけましょう」

主人は絵を巻きながら、そう言った。一枚の絵が裂とともに巻かれて古い桐箱に納まり、蓋が閉められるまで明世は見ていた。

「ところで、さきほどの話に戻りますが、わたしはあの清秋という人の絵にも強い親しみを感じます、できれば一幅なりと手元に置きたいと思いますが、出所をお教えいただけませんか」

明世が返答に困っていると、主人は振り向いて帳場の脇に掛けたままの彼女の絵を眺めた。よほど気に入ったとみえる。

「水草のほうでもかまいません、お譲りいただけませんか」

彼は思い切った感じでそう言った。杏所の絵を見せたのは話をそこへ導くための引き縄のようであったが、明世は悪い気はしなかった。

「それほどお気に召したのなら……」

とつい口にした。その目で杏所の絵を見られただけでも幸運と言わなければならない。それくらいの礼は当然であった。

「ただし、しばらくお待ちいただけますか、人に見せる約束をしておりますので」

「ご無理を言って申しわけございません」

主人は満足そうに笑った。

「残りはいつごろ仕上がりますか」

「もう四、五日はかかりましょうか」

「では、そのころにまたまいります」

明世は立つ前にちらりと桐箱に目をあてた。それが欲しいのではなく、いずれ杏所に負けないものを描こうという思いになっていた。

経師屋を出ると興奮から解かれたものの、落ち着かない気分だった。通りにはゆったりと陽が溢れ、道ゆく人もどこかのんびりとしている。そこから八幡町が遠くないことに気付くと、彼女は平吉を訪ねてみようかと思いながら歩いていった。

平吉とは年が明けてから一度会ったきりで、書画会の準備も任せきりであった。会場は決まったものの、日取りや招く人や持て成し方のことは分からない。はじめてのことだらけで、絵に売値を付けるだけでも一仕事だろう。修理は彼の名で客は何人か集まると言ったが、平吉と明世には人脈といえるものはなく、ともかく絵を揃えるのが先決であった。平吉は古いものは出さないと言っていたから、その後のはかどり具合も案じられた。

先ゆきの怪しい時勢でも彼の商売は忙しく、急いでも二年先までかかる注文があるという。器であれ小物であれ蒔絵を施すものは一生ものだから、ものによっては金よりも頼りになる。明世が金に替えた櫛の中にも利休形《りきゆうがた》の漆塗りに鷺《さぎ》を描いたものがあって、二十年より長く使いながら高値で買い取られた。蒔絵師の腕と意匠しだいで買値以上のものに化けるのだった。

八幡町の表通りで人に訊ねると、平吉の家はすぐに分かった。端切《はぎ》れ屋の脇を入って間もない小体《こてい》な仕舞屋《しもたや》がそうで、門口に「蒔絵師」の掛け札がある。黒塀を巡らした家居までが漆を思わせて美しい。玄関に向かって左の庭に建て増しした角屋《つのや》が見えて、そこが細工所のようであった。

仕事の最中だろうから長居はすまいと思いながら訪ねると、まだ三十前に見える女が明るい声で迎えた。平吉の女房らしかった。明世が名乗ると、女は驚いて、あわてて平吉に知らせにいった。客が武家の女というだけで驚いたらしい。とめたが、間に合わなかった。

家人に都合を聞いてからと思っていたので、そのときになって明世は気後れがした。手ぶらの気まずさも手伝って所在なく待っていると、じきに奥から顔を覗かせたのは五歳くらいの男の子であった。目許が平吉に似て優しい顔をしている。

「坊や、お名前は」

「幸太《こうた》」

と言ったが、子ははにかんで隠れてしまった。それからややあって平吉がひとりで出てきた。不意の来訪を詫びると、彼は微笑みながら、ともかく上がるようにとすすめた。仕事は茶を一服する間にも切りがつくということだった。

家の中は見事に片付けられていて、通された茶の間も質素だが収まりのいい家具が並んで、すっきりとしている。蒔絵師は埃《ほこり》を嫌いますから、と女房が茶の相手をしながら話した。それは細い筆で漆の上に文様を描くので、それだけでも神経を使うが、埃がつくだけで台無しになる。漆は乾かすのにも「風呂」と呼ぶ箱の内でないとうまく乾かず、平吉は風呂とともに紙張《かみばり》の中で仕事をするという。そんなふうだから家の掃除も念入りにするし、迂闊に風も入れられない、と洩らした。

「お忙しいところ、突然お邪魔して申しわけございません、どうぞおかまいなく」

明世の柔らかな物腰に女房は却って恐縮し、ちょうどお茶にしようかと話していたところだと繕った。間もなく平吉がやって来ると、彼女は茶を淹れかえて下がっていった。お待たせしてすみません、と彼は言いながら襷《たすき》を外した。明世は仕事の邪魔をしたのではないかと詫びてから、思いがけず経師屋で杏所の絵を見たと話した。

「ほう、そんなものがございましたか」

平吉は経師屋の主人を知っていて、あの人がねえ、と妙に感心した。

「落款が掠れて読めませんが、本物かと存じます」

「杏所なら落款がなくとも分かります、そのうちわたしも見せてもらいましょう」

「ところで書画会ですが、予定通りに運びそうでしょうか」

明世が水を向けると、平吉は心なしか暗い表情になって聞き返した。

「そのことですが、修理さまから何かお聞きになっておられませんか」

「いいえ、何でしょう」

「実は、まだはっきりとしたわけではないのですが、どうも神奈川へ行かれるようです」

「神奈川？　出兵ですか」

「そのようです、まさか蔵奉行にお鉢が回ってくるとは思わなかったと言っておりましたが、行くことになれば書画会はしばらく延期するしかないだろうと……」

平吉は淡々と話した。親の言い付けであれ不幸であれ、身を任せることに馴れていた。警固ならほかに人がいるだろうに、なぜ修理が、と明世は思った。見えていた石に躓《つまず》いた気がした。

「そうですか、神奈川へ……」

彼女は口の中で繰り返したが、みるみる体から力が抜けていった。大番頭の帰一が行くならともかく、蔵奉行が神奈川へ出向いて何をするのだろう。目の前に迫っていた目標が忽然と消えてしまうと、肩透かしを食ったようで張りつめていた気持ちの遣り場がなかった。修理とは数日後に会うことになっていて、そこで知らされるのだろうかと思った。

「春は無理でも、秋にはできるでしょう」

平吉は慰めを言った。彼の絵も大方仕上がっていて、明日でも出せないことはないが、心残りがないとも言えない。秋まで日がとれるなら、さらによいものが揃えられる、と鷹揚《おうよう》にかまえられるのは絵のほかに立派な生業を持つからであった。

「却ってよかったかもしれませんね」

明世は心にもないことを言った。書画会の延期は淋しいし、修理がいなくなるのはやはり心許ない気がした。平吉に沈んだ顔をさらすのも気詰まりに思われ、彼女は早々に辞去した。

気持ちを切り替えなければと思いながら、表通りへ出たが、さっさと歩く気になれずに角の端切れ屋を覗いた。通りに向かって縦長の箱がいくつも並び、半襟《はんえり》が売られている。市松《いちまつ》模様や格子縞《こうしじま》もあれば、朝顔や梅、竹の柄もある。ちょっとした蒔絵のような、しゃれた意匠もあって、半襟も数が揃うと見飽きない。彼女はその中にほとんど小豆色《あずきいろ》に見える微塵縞《みじんじま》を見つけて、そのために一枚もとめた。不思議と、そんなことでもいくらかは気が紛れるのだった。

大工町を通って天神町へ戻ると、畑に大勢の人が出て働いている。米の値上がりが引金になって何もかもが高くなっているので、小禄の家々にとって畑は以前にもまして大切なものとなった。そのうち日の当たらない裏庭まで畑にする家が出るに違いない。沈む思いで家へ入ると、珍しくそでが茶の間にいて、帰りを待っていたらしかった。

「遅くなりました、手水をお使いになりますか」

「それより末高から使いが来ましたよ、主が留守なので、ひとまず預かっておくと伝えました」

届けものは台所にある、と言われて行ってみると米俵であった。

「近々帰一どのが神奈川へ赴くそうです」

そでは告げたあとで、馬島は人さまから施しは受けないとも言った。急に異端者を見る目付きになって、頑迷な老婦に還ったようであった。

「どうするかは林一に任せましょう」

明世は努めて穏やかに言ったが、帰ってきた家の中でもひとり寒風に吹かれる心地がした。

思いがけないことが続いたせいもあるが、一日の感情の浮き沈みは体にもこたえた。林一の帰宅を待って夕食をとり、そでの用を足すと、彼女は早々と床をとって休んだ。いつもなら寝入る前にもう一度そでを厠へ連れてゆくが、微熱が出てその気力もなかった。林一も気遣って、すぐに自室へ引き籠《こも》った。

「米はいただいておきましょう」

いずれ返せるときがきたら返せばいい、と彼は言った。当主としてはじめて下した決断はそでを怒らせたが、彼女は顔に出しただけで口には出さなかった。末高に借りを作るのは厭でも、林一に嫌われるよりはましだと考えたのだろう。

三人がそれぞれの部屋に引き籠ると、家の中は森閑として隙間風の音が聞こえる。帰一が神奈川へゆくのは当然だと思う一方で、同じようにに神奈川出兵に加わり、帰国してから急逝した八百里のことを思い出した。馴れない土地での無理が祟《たた》って寿命を縮めたのだろう。頑丈に見える男でも心労には勝てない。今度の出兵はいつまで続くのだろうかと、明世は悪夢を二度みるような不安を覚えた。いつもここぞというときに彼女の人生は望まないほうへと向きを変えてきた。気が付くと暮らしに喘《あえ》ぎながら、絵にしがみついている。何のことはない、はじめから画家になって貧乏でいるのと体裁にたいした違いはないのだった。

「憂鬱な日は、憂鬱を描けばいい」

彼女は葦秋の言葉を思い出し、明くる日からまた筆をとったが、果たして一枚の絵にはならなかった。憂鬱を憂鬱として描くのにも冷徹な目と技術がいって、ただ投げやりに描いたところではじまらない。

精進が足りないのだと思う。若く感性の豊かなときに没入しなかったつけが回ってきたのだと思った。

絵が絵なら、弱くなったり強くなったりする気持ちも厄介であった。絵に寄りかかっているだけで自分の中に芯がないからふらふらとする。数日して修理に会ったときも、彼女の気持ちは揺らいでいた。明るく励まして別れてくれればいいのだと思いながら、男の顔を見ると不安が先に立った。

その日は有休舎の庭を借りて待っていると、修理は少し遅れてやってきた。晴れて暖かいからいいようなものの、雨なら葦秋の前で話すことになっただろう。彼は遅れたことを詫びてから、ひとこと葦秋に挨拶をしに中へ入っていった。書画会の延期と自身の神奈川出兵を伝えるためであった。

待つほどもなく修理は引き返してきた。葦秋は手が離せず、寧に話してきたという。

「大事なお話があったのではありませんか」

明世はあと三日もすればいなくなる男の顔をしみじみと眺めた。冬から春先にかけて幾度か会ったものの、じっくりと話すゆとりはなかった。彼女の問いに修理は首を振り、寧どのに話せば先生に話したも同じことです、と言った。

午後の陽は庭に立っていても暖かく、出入りする弟子たちの目も気にならなかったが、男は川が見たいのか堤のほうへ歩いていった。

「書画会のことですが……」

と歩きながら気の重そうな声で切り出した。

「大方の用意はできているのですが、しばらく延期しなければなりません」

「神奈川へゆかれるそうですね」

と明世は言った。

「平吉さんに会いました、弟の帰一もゆくそうです」

「……………」

「書画会の延期は残念ですが、仕方がありません、平吉さんも気持ちを切り替えたようです」

堤に立つと、明世はちらりと有休舎を振り返った。先生に詳しく話さなくてよいのか、そう言おうとして、ときを奪われたくない気持ちに負けてしまった。修理も同じ気持ちで寧に話したのかもしれない。彼とは会って歩くだけで落ち着く。会う度に近付く気がして、お互いに境涯から離れたところで語り合える。いつまでも日常と馴れ合えない男と女だからだろうか。そのくせ現実には人一倍振り回される。今度の神奈川行きにしてもそうであった。

「でも、どうして修理さまが」

「さあ、わたくしにもよく分かりません、重職が決めることですから」

修理はそう言った。それはそうだが、出役《でやく》にしても切米《きりまい》の渡方である蔵奉行が他国で警固の役に就くのは不自然であった。もっとも夫役《ぶやく》人足として駆り出される領民は、否応なしに常駐させられる。彼らに比べ、三月で戻れるのはましだと彼は話した。神奈川へは城の縄張り内にある茂平河岸《もへいがし》から船で出立し、川路からまず江戸湾へ出るそうで、船中で一夜を明かすことになるという。

堤に佇みながら二人は川を眺めた。人も世の中もどうなるか知れない不安とは逆に、川は陽に輝いて音もなく流れている。

明世は溜息をついた。男といていつものように気持ちが弾まないのは仕方のないことであった。煩雑な暮らしに埋もれてしまいそうな情熱を引き出してくれた書画会が流れて、男は神奈川へゆく。またぞろ味気ない日々に舞い戻りたくはないが、大勢《たいせい》に逆らうこともできない。もう流されまいという気負いと不安とが交互に湧いてくる。

「この次お会いするときまでに、きっと新しいものを描きますわ」

彼女は気負いを言葉にした。憂鬱というだけで絵の描けない自分を引きずりたくもなかった。

「それは楽しみです」

修理は微笑みながら明世を見た。

「ところで、絵はどれほどたまりましたか」

「巻軸に拵えたものが二十、予備に十点ほどございます」

「わたくしは十点にも満たない、神奈川へ行ったら海を描いてきましょう」

「そのようなゆとりがあるでしょうか」

「ほかに楽しみもありませんし、描けないときは目に焼き付けてきます、秋にはどうでも書画会を開いて出直すつもりです」

男の出直すという言葉に明世は共感を覚えた。この一年の間に、彼の憂鬱とそこから脱け出そうとする情熱を垣間見るようになっていた。推し量るだけで判然としないものの、憂鬱は窮屈な暮らしに宿り、情熱は絵に託されている。絵に没入したいと思いながら、やはり暮らしに埋没している。書画会を開くのも、ひとつには彼の絵に対する考え方を世間に問うためだろう。葱の絵は大仰に主張もしないかわり、それ自体が生きていて、時流に付和もしない。彼の理想かもしれなかった。

彼女といるとき、男は時勢について多くを語らなかった。いつも世の中の流れとは別のところにいる自分を見ていて、知らず識らず食み出そうとする。部屋住みのころからそうであった。自分を取り巻く世界が八方塞がりだから、飛び越えた場所に自由を求める。それでも現実の流れに巻き込まれる。居場所は常に袋小路であった。

「他国の警固に人をとられて国許は大丈夫でしょうか」

「蔵奉行は四人いますので困ることはないでしょうが、弊害がないとも言い切れません」

修理は神奈川へゆくのも、国許に残るのも、苦労に変わりはないと考えているようだった。彼の目はいつも袋小路から遠いところを見ている。

しばらくして二人は堤の道を歩き出した。ときおり立ち止まっては川を眺めて下宮の渡しまでゆき、そこでまた佇み、引き返して堤通りをゆけば話すには十分であった。

「秋が待ち遠しい」

歩きながら明世は男のいない月日の淋しさを思った。月に一度か二度会うだけで、男の存在は大きくなっていたらしい。いずれ会えると思うだけで、会わずにいる日々も充実した。たとえ次の約束が五年さきでも、そこにいると思えば安心するだろう。男が神奈川へゆく三月は約束のない十年にも思われた。

「冬でなくてよかった、夏は一日は長いが早く過ぎます」

と男も言った。

「日に焼けて黒くなるのも悪くはありません、部屋住みのころを思い出します」

「そういえば、あのころ、よく画塾へ通わせてもらえましたね」

「昼飯を食わない、金はかけない、そういう約束でどうにか許してもらいました、その分、先生には随分助けてもらいました」

「紙や筆を？」

「それだけではありません」

彼はよく葦秋から駄賃をもらったと打ち明けた。町の紙屋へ使いに行ったり、人目のないときに水汲みや庭の畑の世話をしたりと、誰にでもできることを言いつけられた。そうしておいて葦秋は駄賃をくれたという。たまには腹いっぱい食え、という意味の金だったが、もったいなくて食物には使えなかった。そんなわけで、いまでも先生が困っているのを見過ごせないと言った。

「ときどき、ようすを見に行ってくれませんか」

「はい、そういたします、でもわたくしには何もして差し上げられません」

「顔を見せるだけで先生は喜ぶでしょう」

ふたりは立ち止まり、有休舎を振り返った。そこから得たものが彼らの財産であった。

「お戻りになられたら、また舟に乗せてくださいまし」

明世は思い切って口にした。何か約束をしなければ落ち着かない気持ちだった。修理は彼女を見ると、何か言いさしてから、また先に立って歩いていった。ゆったりとした足取りについて歩きながら、明世は餞別《せんべつ》にかえる言葉を探したが、もうそれ以上伝えることもないように思われた。

梅雨が明けて、暑い夏の昼過ぎ、台所の明かり窓を目一杯開けて、明世は昨日描いた下絵を眺めていた。もう一月は、そうして同じ絵を描いては直すということを繰り返している。構図は決まりながら、どうしても思うような情景が現われないのだった。対象との距離が微妙にずれて空間がうまくゆかない。幾度も描き直すうちに人物の姿は決まったが、表情も背景も物足りなかった。

彼女にとって、人間を、しかも若い女性を描《えが》くのは、冒険であると同時に新しさへの挑戦でもあった。南画とも浮世絵とも狩野派とも違う、実景に近い柔らかな描写で、理屈から離れて情緒を描《えが》きたいと思う。それが光岡修理に約束し、彼女が見つけた新しさであった。

絵の中の女は十二、三の娘で堤の道に屈《かが》んで川向こうを見ている。黒髪を無造作に束ね、寧に似た涼しい横顔は顎がやや上がり、両手は膝の前で結ばれている。美人画ではないが南画とも言えない平凡な娘の日常を切り取ったもので、はじめから彩色を施すつもりで描きはじめたものの、また一度も色は使っていない。下絵が決まらないうちは彩色は頭の中でするしかないし、できれば絹布《けんぷ》に描きたいと思い、紙も節約してきたが、肝心の情景が姿を見せなければはじまらなかった。敢えて娘の視線のさきにある川は描《えが》かず、彼女の表情と空白で表わすことを考えていた。

夏の陽は古い家を蒸し焼きにして、台所に正座しているだけでも汗が滴《したた》りおちてくる。明世は手拭いで顔を拭いながら、半刻は下絵を凝視していた。額から鼻梁《びりよう》を経て喉元へ流れる線には初々しさが溢れているのに、娘の内面が見えてこないのはなぜだろうか。彼女は思いつめていたが、すでに世過ぎの苦労を知っている少女の独立心や清さや孤独が見えないとなると、ただの美しい少女でしかなかった。娘との間に何かが立ちはだかっていて、紙一重の気がするものの、漠然としすぎて正体が分からない。

凝視と溜息を繰り返しながら、また行き止まりかと諦めかけたとき、彼女は突然に思い当たって筆をとった。綴じ紙に娘の顔を写して、ほんの少しだけ視線を下向きに変えてみる。すると意識の垣根がとれたように、たちまち娘が近付いてきたのだった。その瞬間、ああ、と彼女は微かな声を洩らした。たった一抹《いちまつ》で変わる絵は魔物だと思った。娘が見つめているのは川向こうではなく、彼女自身の内側でなければならないのだった。

魔物に勝ってこそ本物の絵が生まれる。娘の眼差しが定まると、不思議なことに情景も立ち現われるようであった。ある物の一部分を描いてすべてを表わす簡潔さと、思い余って理想と理屈を描いてしまう煩わしさを明世は南画の中に見ていたが、針穴のようなところからひとつ壁を突き抜けた気がした。

いったい絵はどこまで描けばよいのかという疑問も、空間の意味が分かると解けた気がする。描きすぎないことで表現が広がり、描こうとする本来の情景が見えてくるのではないか。すべてを描きながら何もなくなることもあれば、空間があるために見えてくるものもある。思えば淇園の彩竹図がそうであった。紺紙の空間は竹を冴え冴えしく見せるだけでなく、むしろ竹の向こう側へと観る人の心を誘《いざな》う。対象との距離と背景をどう描くかで、対象の存在する空間は濁りもすれば張りつめもする。そこに情緒が生まれる。強要するのではなく語りかけるもの、それがよい絵ではなかろうか。

頭では分かっていたものの、ひとつの結論に辿り着くと、ようやく靄《もや》の晴れる心地がした。明世はすがすがしい気分のうちに白紙を広げて、最後の下絵にとりかかった。明日からは顔料を使って紙本《しほん》の製作をはじめなければならない。そこでは色との戦いが待っている。だがこの絵に限り、もう魔物は現われないだろう、と思った。紙本ができたら絹布に描いて、秋の書画会で批評の洗礼を受けるのが楽しみであった。その前に葦秋の意見も聞きたい。同じ酷評なら、彼の口から聞くのが励みであった。

小半刻ほどで白描画を仕上げると、彼女はすぐに細部の色を書き留めていった。手持ちの顔料で思った色が出ないときは平吉に相談しようと思いながら後片付けを終えると、汗が肌着を重くしているのが分かった。着替えても長くは持たないだろうが、濡れた肌着は気味が悪い。動けない病人はなおさらだろうと思い、茶の間へゆくと、果たしてそこでは足を投げ出して団扇《うちわ》を使っていた。顔を上げたが眼差しまでがへたっている。

「林一が戻る前に水を浴びますか」

明世の気遣いをよそに、そでは首を振った。夏でも熱い茶を飲んだ人が、このところ水も欲しがらない。おとなしければおとなしいで心配になりながら、明世は手拭いを井戸水で濡らすために、また立っていった。

そでの病が快方に向かわないのは高齢のせいとばかりは言えず、生の営みを放棄して人間らしく暮らせるはずがないのだった。彼女はもう歩くことを諦めているのか、ひとりでは立ち上がろうともしない。夜は早くに寝てしまい、夜中に幾度も目覚めては独り言を言う。言葉は遠いむかしの出来事をなぞることもあれば、低い呻き声にしかならないこともある。夜の明ける前から嫁が起きるのを待っていて、手水を我慢している老女を見ると、明世は哀れに思う一方で、口ほどにもない意気地のなさに腹立たしくもなった。

（わたくしなら這ってでもゆくでしょうに……）

そう思うが、老女の枯れた心のうちまでは分からない。死ぬときがくるまで生きるだけというのであれば、それはそれで超然としているが、人一倍過去に執着する人の生き方とも思えない。憎悪と悔恨に染められたその一生を考えるとき、明世は泣こうが笑おうが、自分の一生の不出来を人のせいにはすまいと思わずにいられなかった。立ち向かわずに、人のせいにして救われるものでもないだろう。

井戸水で冷やした手拭いで首筋や手足を吹いてやると、そでは落ち着いたらしく、

「こんな暑い夏ははじめてですよ」

と言った。冬になれば冬の寒さを嘆く、生き甲斐を知らない人の呟きであった。明世は団扇で風を送りながら、正座もできなくなって壁に寄りかかる老女を描《えが》くとしたら、こちらも性根を据えなければならないだろうと思った。対象の正体をとらえれば、絵は淋しく虚しいものになるに違いないのである。

「暑さもいまが峠でございましょう」

と気を変えて慰めるのへ、そでは皮肉を返してきた。

「早く家禄が戻り、屋敷替えにならないものですかね、ここでは死んでも死に切れませんよ」

「申しわけございません」

「林一は馬島の当主として出仕しているというのに、いったいいつまで待てばよいのか」

　その言い分にも一応の理屈はあって、その後藩からは何も言ってこない。頼りにしていた帰一が神奈川へ行ってしまうと、経過を聞く術《すべ》も分からず、林一に重職と折衝させるわけにもゆかなかった。その重職も一月前の五月初旬に突然代わっていた。筆頭家老が杉野監物《けんもつ》から土井蔵人《どいくらんど》に代わったのをはじめ、執政に数人の入れ替えがあったという。突然だが静かな執政交代で、明世は林一から聞いて知っていたが、そではひとり蚊帳《かや》の外にいた。

　執政が代わったと話しても、そでは納得しないだろう。彼女にとって執政は林左衛門が生きていたひとむかし前の顔触れであって、その後、名門の多くは代替わりしている。杉野家が権勢のすべてを失ったわけではないだろうが、なぜ杉野家老が筆頭ではないのかと聞かれても明世には答えられない。土井家老が筆頭になったからといって暮しは何も変わらないし、城の中のことはなおさら見えてこない。

今度の執政交代が家禄の復旧にどう影響するのか、彼女には見当がつかない。林一にしたところでまだ城勤めで手一杯のはずで、上役に催促するようなことを言わせるのは酷であった。

「帰一が戻れば何か分かるでしょう」

半分は自分自身へ言って団扇を置くと、

「それも、いつのことやら」

そばからそでが言った。悪いほう悪いほうへと気を回すのが癖になっている。思いと言葉は違うにしても、素直に聞く気にもなれない。

明世は夕餉の支度をするために腰を上げたが、台所へ戻ると妙に気が滅入った。土間の流しに摘んでおいた夏菜があって萎《しお》れかけている。ふと修理のことが思い出されて、遠い故郷でも思う気がした。神奈川で海を描くと話していたが、どうしているだろうか。男の口から海辺のようすを聞いてみたいが、帰国してすぐに会うわけにもゆかぬだろう。画材を片付けた板の間に立ったまま、彼女はしばらく宙を眺めていた。するうち、どこからか風鈴の音が聞こえて我に返った。

夕刻、それも日の落ちかけるころに林一は帰ってくる。下城してから教武場に寄るらしく、その日も帰宅するなり夕餉であった。気のせいか前よりも無口になった林一へ、

「お城はどうでしたか」

そでが食後の茶を飲みながら訊ねた。

「いつもと変わりありません」

「執政が代わって賑《にぎ》やかだろうに……」

林一は明世の顔を見たが、彼女は話していないし、そでが誰から聞いたのかも分からなかった。

「むかしから土井は杉野と反りが合わず、押え込まれていましたが、急にどういう風の吹き回しか」

「なぜそのようなことを？」

「これでも耳はいいほうです、長い間、用人の妻でしたからね」

そでは言い、土井さまも鼻高だろう、と付け加えた。

そのことがあってから二、三日した晩、林一が台所まできて呼ぶので部屋へ行ってみると、彼は居住まいを正して構えていた。明世は二人分の麦湯を運んで、自分も飲みながら家の中で唯一男の匂いの籠る狭い部屋を眺めた。日中は襖を開け放しているので感じないが、林一がそこに座ると使い込んだ文机や見台《けんだい》が小さく見える。それまで彼の部屋で向かい合うことなどなかったから、改まって何を言い出すのかと不安になった。

「もう寝たと思いますが、聞かれると面倒だから念のため小声で話します」

林一は閉めた襖に目をあてて、そう言った。その部屋とは茶の間を挟んでいるので聞こえるとも思えないが、気になるらしい。二人きりになると部屋の空気が重く感じられて、明世は息子の匂いを持て余した。

彼は少し考えてから、幕府が長州を討つために大坂に本陣を構えていることはご存じですね、と切り出した。明世は小さくうなずきながら、話の重さと息子の大人びた口調に目を見張った。

「しかしもう一年になります、長州が屈服しないために引き揚げることもならないのです、じきに戦火を交えることになると思われますが、薩摩が征長から手を引いたそうですから勝敗はどうなるか分かりません、万一長州が勝つようなことになれば幕府の権威は失墜するでしょうし、世の中も変わることになります」

「むつかしい話のようですが、そこまではどうにか分かります」

「分からないときは訊いてくださいい、母上に分かっていただかないいとわたくしも困りますので」

林一は微笑して麦湯に口をつけた。所作が落ち着いていて、いつも見る顔とは別の表情をしている。城で覚えた顔だろうかと思いながら眺めるうちに、明世は彼の顔立ちが急に男らしく調ってきたのに気付いた。林一が何を考え、何をしようとしているのか、聞くだけは聞こうと思った。

「それで、世の中は変わりそうですか」

「おそらく変わるでしょう、幕府も御家もこのままというわけにはゆきません、それは家中の誰もが感じていることです、そのときのために藩論をひとつにまとめようとしていたところですが、頑迷な人たちがいて中々まとまりません、それどころか後退してしまいました」

彼は目を伏せると、五月の執政交代は保守派と呼ばれる人々の陰謀だと話した。

筆頭家老に昇った土井蔵人は幕府寄りの保守派の旗頭であり、上士の中には彼に賛同するものが大勢いる。幕府なくして御家は成り立たないと考える人々で、あくまで幕府を支え、これまで通りの暮らしを守ろうとしている。

一方、杉野監物は勤皇派と呼ばれる元の尊攘派に近い考えを持つ人で、異国の圧力に翻弄される国情や目まぐるしく変わる政情を見つめたうえで、弱体化した幕府に寄りかかる意味を疑っている。杉野はかつて自ら佐幕開港を唱え、藩内の尊攘派を一掃したことがあるが、当時の尊攘派は下士《かし》を中心とした政策を持たない感情的な集団であったから、解体するのはたやすかった。けれどもそのとき追放し、あるいは自ら脱落したものたちが、いまは杉野に諸国の事情を伝えてくる。

形の上では尊攘派が復活したことになるが、勤皇派はまったく別のものであって、保守派はそのことすら分かっていない。いまの勤皇派は一国の権力が分裂して異国の干渉を招かないために朝廷へ政権を返上し、そのもとで富国強兵を目指すという考え方であり、攘夷などはもう考えもしない。朝命のもとに実際に異国と戦った長州や薩摩が最もその力を知っていて、彼らは幕府に逆らってまで異国に近付こうとしている。そのことひとつをとってみても、すでに幕府の権威は失墜したと言ってもいい、と林一は話した。

「いずれ嵐が来ると分かっていながら、このまま土井に藩の運命を任せるわけにはゆきません」

「お話からすると、あなたは勤皇派ということになりますね」

「はい」

「それで、脱藩でもするつもりですか」

明世は微笑したが、口許が震えて笑い切れなかった。林一は膝の上の両手を握りしめて、真顔で答えた。

「まだそのつもりはありません、ただ、そういうわけで家禄が元に戻るかどうかは怪しくなりました、そのことをご承知いただきたかったのと、このさき何か起きたとき、馬島家が勤皇派と命運をともにすることになると……」

「何か、と言うと？」

「土井は保守派の上士と図って神奈川へ勤皇派の人材を追いやり、その隙に政権を奪いました、出兵が終われば勤皇派も黙ってはいないでしょう」

明世は彼の言葉の一点に気をとられた。息子の口から、修理が神奈川へ行かされたわけを聞くのは、いきなり二度殴られるような気分だった。

修理は何も言わなかったが、神奈川へ行かされる理由はうすうす分かっていたのではないだろうか。彼と林一が同じ勤皇派でよかったと思うものの、正直なところ男たちの考えることはよく分からない。尊攘派が勤皇派になって王政を目指すというが、幕府はどうなるのだろう。何年か前に朝命に従って攘夷を実行すればよかったのだろうか。

実行し、異国と開戦していたら、彼らは喜んで幕府に従ったのだろうか。尊攘派が攘夷を諦めたのは、その無謀さや愚かさを悟ったためで弾圧されたためではないだろう。それならはじめから攘夷を実行しなかった幕府と同じではないのか。

そう思う一方で、若輩の林一ですら権威は失墜したという幕府を当てにする保守派の考えも分からない。そもそも幕府はなぜ長州征討に執着するのか。異国という対峙すべき大きな相手がいながら、将軍は諸大名の反対を押し切ってまで大坂に留まっている。幕府の安泰を望む保守派は、それも支持するのだろうか。

「この四月ごろから江戸や大坂で打ち毀《こわ》しが起きています、加えて諸国では一揆が起きていると聞きます、それだけ民衆は困窮し、長州征討のことなどどうでもよいのです、身勝手な戦のために困窮を強いる幕府に対する反感は、もう武家だけのものではありません」

林一はそう言った。

「御家のことに置き換えれば、いっとき土井は権力を振るうでしょうが、時勢には逆らえません」

「御上《おかみ》はどちらを支持しておられるのでしょう」

「御上はまだ十三歳です、詳しい政情まではご存じありません」

「あなたも十五ですよ、まだ分からないことのほうが多いでしょう、一度、末高の叔父さまに相談してみてはいかがですか」

母親の最も母親らしい言葉にうなずくどころか、林一は軽く躱《かわ》した。

「叔父上とはすでに幾度か話しましたが、わたくしとは意見が異なります」

「帰一は保守派ということですか」

「はっきりそうだとは申されませんが……」

「では、なぜ神奈川へ」

「勤皇派のお目付役といったところです、神奈川で争乱が起きては困りますから」

「それなら、なおさら慎重になりませんと……」

明世は言ったものの、林一の思いつめた顔を見ると遅すぎる気がした。

母の不安に対して、彼は答えを用意していたようである。複雑な政情を女子に分かるように説明するだけでも面倒だろうに、辛抱強く話した。しかもそこには誰かの受け売りと決めつけるわけにもゆかない、若いなりの理解と志があって、聞くものの心へ訴えてくる。彼よりも広い世界を知らない明世は母親の感情で応えるしかなかった。

「世の中がどう変わろうとも、馬島の当主である以上、あなたは末高と無縁ではいられません、殿方には一生に一度、命を賭《と》するほどの大事もあれば、延々と家を守る責任もあるのですよ」

「心得ております、しかしいまは一家の無事だけを考えて無事に過ごせるときではございません」

「その若さで決めつけることもないでしょう」

「母上は十五のときに何をしておられましたか」

林一は力強い目を向けると、南画に夢中でほかのことは眼中になか

った と聞いております、と続けた。意地の強いところは明世に似ていた。

「結婚はおろか画業を続けるために家を出ることまで考えていたそうですね、本当にそうしていればよほど幸せだったかもしれない、そう叔父上が申されておりました」

たしかに画家を志し、優れた絵を描くことだけを考えていたころ、彼女は誰よりも幸福であった。矢立てと綴じ紙があれば、どこへでも出かけた。堤の道を歩いて有休舎へ向かうとき、夢は実感を伴い、心は自由であった。広い世界に憧れていた娘にとって画家になれない理由は見当たらなかったが、結果は父母という世間の仕来りに押し切られたのである。三十七歳になったいまも、彼女はあのころより幸福な日々は思い出せない。

「それでも殿御と女子は違います」

明世は暗い、険しい目をした。どうしてそうなったのか、言葉も声もきつくなっていた。

「だいいち、いまのあなたには荷が重すぎます」

「お静かに」

と林一は穏やかな声で制した。

「いままでも母上は絵を描いていれば幸せそうです、わたくしなど生まずに画家になっていたなら、もっと幸せになられていたでしょう」

「林一……」

「わたくしも後悔したくないのです、母上ならお分かりくださると思い、こうして包み隠さず話しております」

そう言った息子は、彼女が思うよりも遥かに大人のようであった。自分のことは自分で決めたらいい、そう思っていながら刃《やいば》を突き付けられた気がして、明世は林一の顔をじっと眺めた。息子を信じられないのではなく、十五歳の若者を取り巻く世の中が信じられない。彼が娘で画家になりたいというのであれば、あれこれ言わずに許すだろうが、あいにく彼は男で、しかも厄介な時代に生まれた。時代が違えば別のことに情熱を傾けられるだろうに、ほかのことは考えられないらしい。勤皇だ佐幕だと荒れる波間に漂う少年の姿が思い浮かんだ。

「家のことはかまいません、どうなろうとあなたのものですから、でも命まで粗末にされては困ります」

「むろんです」

白刃《しらは》で軍艦に向かうような真似はしません、と林一はきっぱりと言った。父親がいたなら、父親を説得するのだろうか。その前に少しは相談したに違いないと思ったが、明世に男親の代わりはできなかった。その分、林一は自分で考え、彼なりに世の中を見る目を養ってきたらしい。

不意に話が途切れて、ぎこちないときが訪れると、林一はちらちらと明世を見た。言うべきことは言ったあとで物別れに終わるのか、聞き入れられるのかと言葉を待っている。明世はうつむきながら、日和見で通すことですと言った帰一の言葉を思い出した。あれはあれで帰一の賢明なところだとも思うが、正直、性に合わない。日和見で通して無事という保証もないだろうし、力で情熱を押えつけて誰が幸福になるのかと疑った。

「分かりました、好きになさい」

しばらくして彼女はそう言った。どう諭《さと》したところで林一が勤皇派をやめるわけではないし、時勢が時勢だから波をかぶって生きてゆくのも仕方がないと思った。そのくせ言ったあとから不安になった。自分が人の親になってみれば、気持ちの上では世の親と何も違わないのだった。母上なら分かってくださると信じていたと林一は頭を垂れたが、皮肉なことに明世が拠《よ》り所にしたのは八百里の死に際の言葉であった。

そのときから林一は本当の意味で馬島家の当主になった。家禄を戻すのも戻さないのも、家を潰すのも興すのも、彼の考えひとつであった。そう思って見るせいか、彼は日に日に逞しくなるようで歩き方までが力強く感じられた。若い体から溢れる情熱に触れるとき、明世はどこか懐かしいひとりの青年を見る心地がした。

大きな時代の波の前では子が親を導くのかもしれない。彼女は思いながら、それができる男というものを羨みもした。

幕軍が萩藩領の周防《すおう》大島を砲撃して開戦したと知ったのは、暦の上では夏も終わりかけた六月下旬のことであった。林一が明世に勤皇派であると打ち明けたのと同じころ、長州再征ははじまっていたのである。戦は芸州口《げいしゅうぐち》、石州口《せきしゅうぐち》、小倉口《こくらぐち》でもはじまり、長州は包囲されたが逆に隣接する藩へ進撃し、一進一退を繰り返しているという。彼らがそれ以上進軍できないことを考えると、開戦から二十日余りが過ぎて、なお他藩の領地に留まっているのは勝利も同然であった。

昼下がり、明世は「丁寧」と題した娘の絵の仕上げにかかっていた。娘は葦秋の妻・寧の若いころを想像して描いた架空の人物だが、丁寧に生きてほしい、という願いを込めて画題にした。娘の表情に浮かぶ清さと脆《もろ》さは、これから彼女が辿るであろう人生を幾通りか予感させるが、丁寧という言葉が観る人の心に伝わるかどうかは分からない。画題としては意味も曖昧である。それでもほかの言葉は思い付かなかった。

絹布の感触がつかめず、それまでに二度しくじっていたが、色は幾度も試して、ようやく空間の色調も決まりそうであった。娘を包む靄《もや》は白緑と水色で漂うように表わし、朝の光は薄い黄と蜜柑《みかん》色を使うことで落ち着いてきた。屈んだ娘の視線の先には小舟が見えて、そこが川の堤であることが分かるが、背景は光と靄の空間である。娘は自然と寄り添いながら暮らし、その朝を迎えた。激しく揺れ動く時代の中にあって、身の行く末を眺めている。明世自身の心境でもあった。

切り取った娘の日常からは、つましい暮らし振りが見えてくるが、娘は朝方、川を眺める心のゆとりまで失ってはいない。繊細な心と情熱があれば、人は丁寧に生きてゆくはずである。幾度も描き直し、突きつめるうちに、絵にはそんな思いが込められていった。

葦秋に下絵を見せると、憂鬱が描けたね、と言われた。美しいだけが絵ではなく、激しいだけが情熱とも言えない。娘のころの情熱といまのそれとが微妙に違うことに気付くと、人も絵も変わらずにはいられない、と言った彼の言葉が身に沁みた。絵は色を付けると、身近な空間となって現われた。南画とは言えないものの、そこから生まれた絵には違いない。二月《ふたつき》洗い続けた筆を置き、娘の足下に落款したとき、明世ははじめて自分の絵に魂の宿る気がした。絵は一瞬をとどめて、そこに潜む永遠を見つめるためにあるらしかった。

本書は、株式会社文藝春秋のご厚意により、文春文庫『冬の標』を底本としました。但し、頁数の都合により、上巻・下巻の二分冊といたしました。

冬の標《しるべ》　上

（大活字本シリーズ）

2023年11月20日発行（限定部数700部）

底　本　文春文庫『冬の標』

定　価　（本体3,100円＋税）

著　者　乙川優三郎

発行者　並木　則康

発行所　社会福祉法人 埼玉福祉会

埼玉県新座市堀ノ内3—7—31　〒352—0023

電話　048—481—2181

振替　00160—3—24404

印刷製本所　社会福祉法人 埼玉福祉会 印刷事業部

ISBN 978-4-86596-596-4

大活字本シリーズ発刊の趣意

現在，全国で65才以上の高齢者は1,240万人にも及び，我が国も先進諸国なみに高齢化社会になってまいりました。これらの人々は，多かれ少なかれ視力が衰えてきております。また一方，視力障害者のうちの約半数は弱視障害者で，18万人を数えますが，全盲と弱視の割合は，医学の進歩によって弱視者が増える傾向にあると言われております。

私どもの社会生活は，職業上も，文化生活上も，活字を除外しては考えられません。拡大鏡や拡大テレビなどを使用しても，眼の疲労は早く，活字が大きいことが一番望まれています。しかしながら，大きな活字で組みますと，ページ数が増大し，かつ販売部数がそれほどまとまらないので，いきおいコスト高となってしまうために，どこの出版社でも発行に踏み切れないのが実態であります。

埼玉福祉会は，老人や弱視者に少しでも読み易い大活字本を提供することを念願とし，身体障害者の働く工場を母胎として，製作し発行することに踏み切りました。

何卒，強力なご支援をいただき，図書館・盲学校・弱視学級のある学校・福祉センター・老人ホーム・病院等々に広く普及し，多くの人人に利用されることを切望してやみません。